Fama y fortuna

Emma Darcy

Bianca®

HARLEQUIN®

Editado por HARLEQUIN IBÉRICA, S.A.
Hermosilla, 21
28001 Madrid

I.S.B.N.: 84-671-3829-7
Depósito legal: B-6965-2006
Editor responsable: Luis Pugni
Composición: M.T. Color & Diseño, S.L.
C/. Colquide, 6 - portal 2-3º H, 28230 Las Rozas (Madrid)
Fotomecánica: PREIMPRESIÓN 2000
C/. Algorta, 33. 28019 Madrid
Impresión y encuadernación: LITOGRAFÍA ROSÉS, S.A.
C/. Energía, 11. 08850 Gavá (Barcelona)
Fecha impresion para Argentina: 2.10.06
Distribuidor exclusivo para España: LOGISTA
Distribuidor para México: CODIPLYRSA
Distribuidores para Argentina: interior, BERTRAN, S.A.C. Vélez
Sársfield, 1950. Cap. Fed./ Buenos Aires y Gran Buenos Aires,
VACCARO SÁNCHEZ y Cía, S.A.
Distribuidor para Chile: DISTRIBUIDORA ALFA, S.A.

Capítulo 1

UN paquete de Brasil... lo entregaba un mensajero con instrucciones de que el propio Nick Ramirez firmara el recibo para garantizar que se lo entregaba en mano.

El mensajero salió del despacho y Nick se quedó con la mirada clavada en su espalda. No quería mirar al paquete que tenía sobre la mesa ni quería abrirlo. El remitente tenía que ser su padre, su padre biológico, quien no se había ganado el derecho de saber nada de su vida y mucho menos de entrar en ella. La puerta se había cerrado hacía dieciséis años.

No. Hacía más, mucho más.

Nick tenía treinta y cuatro años y tenía siete cuando sintió con toda su crudeza la sensación de rechazo absoluto. Nick se revolvió en la butaca al recordarse como un colegial que no entendía nada. La descarga de adrenalina lo alejaba del paquete de Brasil. A los siete años era un ser inocente atrapado en una red de engaños de adultos y que intentaba encontrar su sitio, hasta que comprendió con espanto que no tenía ningún sitio.

Tuvo que aprender a hacerse un sitio propio.

Ese despacho era parte de su sitio, el puente de mando de la agencia publicitaria que ocupaba dos plantas de un emblemático edificio en Circular Quay con vistas al puerto de Sidney. Era su empresa. La había levantado él solo según su concepto de las necesidades del mercado y había acertado. Un acierto rotundo.

Nick, junto al ventanal desde el que veía el edificio de la ópera, pensó con cierta sorna que todo el mundo sabía que el sexo vendía. El sexo con elegancia y seducción. Sin embargo, él lo sabía de una forma muy personal, lo presentaba mejor que nadie, elaboraba imágenes llamativas e inolvidables que conseguían que el producto anunciado quedara grabado en la cabeza de la gente. Su estilo publicitario lo había convertido en un hombre muy rico que podía permitirse vistas como aquélla tanto en su lugar de trabajo como en el ático que tenía en Woolloomooloo.

Había llegado a lo más alto. Era un hombre triunfador que no necesitaba nada de sus «padres», unos hombres ricos y poderosos que su madre había conquistado para satisfacer los caprichos de su codicioso corazón.

Cuando él fue un niño y un adolescente, ellos también le dieron mucho dinero para complacerla. Él empleó ese dinero para financiar sus metas y ambiciones. ¿Por qué no iba a haberlo hecho? Ese dinero se lo ganó por no ser una pesadilla para ellos.

Sin embargo, ya no aceptaba nada de ellos. No lo necesitaba ni lo quería.

Además, era demasiado tarde para que Enrique Ramirez le ofreciera algo. Había tenido dos oportunidades para tener un papel en su vida. La primera vez, se había largado y, luego, cuando Nick tenía dieciocho años y se presentó en Río de Janeiro para conocerlo, él lo recibió con furia y resentimiento por ser tan imprudente de presentarse en su casa como su hijo.

–¿Qué quieres de mí? ¿Qué crees que puedes sacarme?

–Nada –había respondido Nick ante el desprecio absoluto del rico brasileño–. Sólo quería conocerte en persona, pero adoptaré tu apellido, ahora que he comprobado que me pertenece.

No se podía negar la herencia genética. Los dos tenían un pelo abundante y moreno, una piel olivácea, unos ojos verdes y profundos con pestañas tupidas, una nariz larga y aristocrática, unos pómulos angulosos, una mandíbula cuadrada y firme rota por un hoyuelo, una boca concebida para la sensualidad y un físico atlético.

Efectivamente, era su hijo y cuando volvió a Australia, reclamó su apellido, Ramirez, mediante una escritura unilateral. Al menos eso no era una mentira, pero en cuanto al paquete llegado de Brasil... Nick ya se estaba rebelando contra cualquier efecto que Enrique pudiera pensar que tenía sobre él.

Sonó el teléfono. Fue hasta la mesa y lo descolgó.

–Le llama la señora Condor. Quiere hablar con usted –le informó su secretaria.

Era su madre, quien ya se había entrometido dos veces esa mañana.

–Pásemela –sonó un chasquido–. ¡Madre!

–Querido, ha pasado algo increíble. Tenemos que hablar.

–Ya estamos hablando.

–Quiero decir que tenemos que vernos. ¿Puedes recibirme esta mañana? En estos momentos voy hacia el centro. Es importante, Nick. He recibido un paquete de Brasil.

Nick apretó las mandíbulas.

–Yo también –replicó él lacónicamente.

–Ah... –el tono fue de sorpresa y desilusión–.

Bueno, iba a decírtelo suavemente, ya que fue tu padre, pero supongo que ya no hace falta –suspiró teatralmente–. ¡Qué pérdida! Enrique andaba por los sesenta años. Era demasiado joven para morir. Un hombre tan viril e indómito…

Nick notó una punzada de dolor en el corazón. Instintivamente, rechazó que su padre Enrique hubiera muerto. Ya nunca conocería a su padre. Miró el paquete que había sobre la mesa. Era su último contacto.

–Me ha regalado un collar de esmeraldas maravilloso...

Ella hablaba con placer mientras se recreaba en la descripción. A su madre le encantaban las cosas bonitas y ella le había enseñado el valor del sexo con elegancia y seducción. Cada hombre que había pasado por su cama, marido o amante, había pagado generosamente ese privilegio.

Ella ya iba por su quinto matrimonio y Nick sabía que, si ella se encontraba con otro multimillonario atractivo, sus preciosos y codiciosos ojos se fijarían en él. Aunque no había enganchado a Enrique Ramirez como marido.

La verdad era que seguramente tampoco había querido casarse con un brasileño e irse a vivir a un país extranjero. Había sido suficiente que el jugador de polo hubiera sido juez en el concurso de Miss Universo que se celebró en Río de Janeiro el año que lo ganó Nadia Kilman.

Naturalmente, no había tenido la intención de quedarse embarazada de él. Fue un desafortunado accidente, sobre todo cuando ella pensaba casarse con Brian Steele, el heredero de Andrew Steele, el poderoso magnate de la minería. Sin embargo, una mujer con unos encantos tan persuasivos era perfectamente capaz de convencer al marido que había elegido de que él era el padre del hijo que estaba gestando. Ése fue el argumento definitivo para que se celebrara la boda.

El matrimonio supuso que tuviera que renunciar al título de Miss Universo, pero había ganado el título y su madre nunca renunció a él y, siempre, incluso en esos momentos, vivió teniéndolo muy presente.

Nick recordó toda su relación entre madre e hijo mientras ella seguía hablando de las minas de esmeraldas que Ramirez tenía en Bolivia, como si él tuviera algún derecho legal sobre ellas. También se preguntó si él habría sido el hijo de Brian Steele si éste no hubiera descubierto el engaño. Incluso después del divorcio, y cuando tanto su padre como su madre habían vuelto a casarse, Nick siguió creyendo que Brian era su padre natural, hasta que le preguntó por qué él no lo visitaba en el colegio ni iba a ver sus competiciones deportivas como hacían otros padres divorciados.

—Pregúntaselo a tu madre —fue su seca respuesta.

—Yo no tengo la culpa de que ya no quieras a mi madre —replicó Nick furioso por semejante injusticia—. No soy sólo su hijo, también lo soy tuyo.

—No, no lo eres.

Nick, atónito, dolido y furioso, se resistió a tal rechazo.

—No puedes divorciarte de los hijos. Eres mi padre. Que hayas formado otra familia no significa...

—No soy tu padre —él lo negó otra vez con la cara roja de ira—. Nunca lo he sido. ¡Mírate en un espejo! No nos parecemos en nada.

La incredulidad intentó contrarrestar la conmoción. Era verdad que él no tenía el pelo rojo ni la piel clara ni los ojos azules, pero había dado por supuesto que había heredado el tono moreno de su madre y decidió que por eso lo odiaba su padre, porque le recordaba a ella.

—Sencillamente, no me quieres, ¿verdad?

Nick lo espetó con la amargura de saberse la víctima de un matrimonio roto, aunque con la intención de que él tuviera que afrontar que era su padre.

—No. ¿Por qué iba a querer al hijo bastardo de otro hombre? El verdadero nombre de tu padre es Enrique Ramirez y, cuando no está jugando al polo por el mundo, vive en Brasil. No creo que vaya a verte jugar al fútbol, pero puedes pedirle a tu madre que se ponga en contacto con él en tu nombre.

Nick, una vez asumido quién era su nuevo padre, y con la obstinación de un niño de siete años, lo intentó.

—Cariño, siento mucho que te sientas mal porque Brian no sea tu padre —su madre sonrió resplandecientemente pero con compasión—. Sin embargo, tienes un padrastro perfecto en Harry, que es mucho más divertido...

—Quiero conocer a mi verdadero padre —insistió tercamente Nick.

—Está casado, querido. Me temo que no hay ninguna posibilidad de que se divorcie. Todo está muy enmarañado con la religión y la política de su país —ella agitó elegantemente las manos—. Nunca podríamos formar una familia aunque quisiéramos.

—¿Sabe él que existo?

—Sí —ella suspiró pesarosamente—. Fue por una de esas desgraciadas casualidades de la vida. Él vino a Australia a jugar al polo y tu abuelo, bueno, como ya sabes, él no es tu verdadero abuelo, lo invitó a jugar en la finca que tiene cerca de Singleton. Fue un fin de semana por todo lo alto y no pude dejar de ir. Además, pensé que Enrique sería discreto y fingiría no conocerme –volvió a suspirar–. Verte lo pilló desprevenido.

–¿Me reconoció como su hijo?

–Bueno, tu edad y tu aspecto... Tuve que reconocérselo... y él utilizó el secreto para...

Chantajearla y acostarse con ella.

Eso había sido lo único que él había significado para su padre biológico, un hijo bastardo muy oportuno que le había permitido volver a acostarse con la ex Miss Universo. Aunque Nick sospechaba que el atractivo brasileño no necesitaba muchas ayudas para conseguirlo.

Daba igual el riesgo a un escándalo. Daba igual lo que supusiera para Nick que sus aventuras, la pasada y la de ese momento, se hubieran descubierto.

–Tu madre me deseaba tanto como yo a ella.

Ésa fue la frívola excusa que Enrique le dio a Nick cuando éste le reprochó las consecuencias de lo que había hecho. No había asomo de remordimiento. Extendió elegantemente las manos.

–Ella podía haberse negado. Nunca he hecho el amor con una mujer que no lo deseara. Fue decisión suya. Es su vida.

–Y mi vida te daba igual –le reprochó Nick.

Enrique chascó los dedos ante lo que consideró una queja estúpida.

–Yo te di la vida. Intenta disfrutarla. Hurgar en el pasado no va a darte ninguna felicidad.

Fue un buen consejo y Nick lo siguió.

Por eso no quería tocar el paquete llegado de Brasil.

–¿Qué te ha regalado, querido? –le preguntó su madre rebosante de curiosidad.

El collar de esmeraldas había despertado su avidez por los tesoros brasileños.

—Yo diría que casi todos mis rasgos físicos —respondió Nick con sorna.

—Ya lo sé, querido, pero no me refería a eso y ya lo sabes. No seas pelmazo. Él me escribió que el collar era como agradecimiento por haberle dado un hijo tan impresionante. Evidentemente, si Enrique estaba tan contento contigo, te habrá dejado algo más que un collar.

—Todavía no he abierto el paquete.

—Pues hazlo. Quiero saberlo todo cuando llegue a tu oficina. Todo esto es tan emocionante, que estoy en ascuas. Tu padre era increíblemente rico, ¿lo sabías?

Sí, efectivamente, lo sabía. Había visto las increíbles riquezas que Enrique atesoraba en su casa. Era una riqueza antigua, de las que habían pertenecido a la aristocracia y las habían conservado de generación en generación.

Sin embargo, Nick no lo quería. Todo él rechazaba aquello que había significado más para su padre que tener contacto con su hijo.

—Llegaré dentro de quince minutos —le anticipó su madre—. ¿No te parece maravilloso que se acuerden de ti después de tantos años?

Ella, como siempre, sólo veía el mundo desde su punto de vista.

—No, no me parece maravilloso. Es más, me parece insultante que mi padre esperara a estar muerto para concederme algún reconocimiento.

—No seas tan rígido, Nick. Lo hecho, hecho está. Deberías aprovechar al máximo lo que tienes.

Ése era el sólido e inamovible principio sobre el que Nadia Kilman/Steele/Manning/Lloyd/Hardwick/Condor había construido su vida.

–Claro, madre. Estoy deseando veros a ti y tu collar.

Collar que ella exhibiría en cuanto tuviera una buena ocasión. Ya era mediados de noviembre y no tendría que esperar mucho para que la temporada de fiestas estuviera en su apogeo.

Nick colgó y volvió a mirar el paquete. Por una parte, quería tirarlo a la basura, pero por otra quería saber en cuánto lo valoraba su padre. Decidió, con cierto cinismo, que lo mejor para poder olvidarse completamente era saber hasta dónde había llegado su padre.

Abrió el paquete. Contenía dos cartas.

Una, como era previsible, era de un abogado, Javier Estes, que administraba los bienes de Ramirez. La otra, sorprendentemente, estaba escrita a mano por el propio Enrique e iba dirigida a Nick. El contenido era asombroso por mostrar un conocimiento profundo de casi cada detalle de la vida de Nick y el comentario final daba un giro nuevo a su mundo.

Él seguía absorto con todo ello cuando su secretaria abrió la puerta que separaba los dos despachos y su madre hizo su entrada. Siempre era toda una entrada.

Incluso a los cincuenta y cinco años, aunque pareciera que tenía treinta y cinco, era un ejemplo perfecto de belleza y seducción femeninas.

Fuera a donde fuera, todo el mundo se volvía para mirarla y se quedaba fascinado y con la sensación de ser insignificante a su lado. Miss Universo seguía exhibiéndose como si acabara de ganar el título. Su pelo, largo, ondulado y lustroso, parecía de seda y pedía que lo acariciaran. Sus ojos, grandes y ambarinos, resultaban hipnotizadores. Si los fijaba en un hombre, él parecía ahogarse en ellos. Tenía una nariz perfecta, una boca de labios carnosos e irresistibles y unos dientes como destellos blancos.

Naturalmente, su esbelto cuello siempre estaba adornado por alguna joya impresionante que complementaba su impresionante belleza y su impresionante ropa de marca. Ese día iba vestida de blanco y negro con los toques justos de rojo.

En cuanto cerró la puerta, ella extendió las manos para que él le diera lo que había ido a buscar.

–¿Y bien...? –le preguntó Nadia con una sonrisa retadora.

Nick dio la vuelta a la mesa y se apoyó en la parte delantera mientras miraba a su madre con cierto cinismo burlón.

–Creo que no eres la única mujer que ha recibido un collar de esmeraldas esta mañana.

Ella frunció el ceño aunque pareciera imposible por los innumerables tratamientos de Botox.

–¿Qué quieres decir?

–Al parecer, mi padre se lo pasó muy bien por todo el mundo cuando era jugador de polo. Tengo un hermanastro en Inglaterra y otro en Estados Unidos, los dos han impresionado a mi padre exactamente igual que yo. Lo cual significa sin duda que él estaba igual de agradecido a sus madres.

–¡Ah! –ella se encogió de hombros y esbozó una sonrisa melancólica–. Era irresistible. Estoy segura de que cualquier mujer se enamoraría de él. Lo siento por ti, Nick. Supongo que eso significa que Enrique ha dividido su herencia en tres partes...

A Nick le daba igual la herencia. Él quería conocer a sus hermanastros. Sin embargo, para poder hacerlo tenía que cumplir un disparatado capricho del fallecido. Él quería revivir una vida distinta a través de su hijo ilegítimo, una vida de amor y compromiso, fidelidad y paternidad. Nick tenía que casarse y dejar embarazada a su mujer en un plazo de doce meses o no volver a saber nada más de sus hermanastros.

Ésa era la voluntad de Enrique y el desafío a Nick.

Nick no creía en el amor, el matrimonio y las familias felices, pero podía cumplir esas condiciones, y lo haría, para conocer a sus hermanastros. Ellos eran su verdadera familia. Quería conocer a los otros hijos bastardos de Enrique Ramírez, quería saber si se parecían en algo a él, quería sentir que no estaba solo.

–No hay ninguna herencia –mintió Nick para evitar que su madre empezara a maquinar cómo hacerse con ella–. Mi padre me ha concedido amablemente la posibilidad de conocer la familia que fui buscando cuando yo tenía dieciocho años. A ti te parecerá poco y tarde...

–Hermanastros... –ella frunció aún más el ceño–. ¿Vas a ir a buscarlos?

–No sé cómo encontrarlos. Ellos, al contrario que yo, no saben que Enrique fue su padre y el apellido Ramírez no significará nada para ellos. Me dice que me revelarán sus identidades cuando se haga el reparto. Puedo esperar. Hasta entonces, me dedicaré a mi empresa, si tú me lo permites... –Nick fue hasta la puerta y la abrió–. Gracias por tu visita. Me alegro de que te haya gustado el collar.

–¿No estás decepcionado?

–Si no esperas nada, no puedes decepcionarte.

–Cómo eres... –ella le dio una palmadita en la mejilla con un gesto fingido de desesperación–. Tendrías que haber luchado para que Enrique te reconociera cuando estaba vivo. Siempre has sido muy orgulloso, Nick. Demasiado independiente.

—Es el resultado de mis circunstancias. Adiós, madre.

Ella aceptó la insinuación. Seguramente estaría ansiosa de tasar el collar para saber en cuánto la había valorado Enrique Ramirez. A su madre se le daban increíblemente bien las matemáticas cuando se trataba de calcular el beneficio que había obtenido de sus relaciones.

Una vez solo, Nick se concentró en encontrar la fórmula para llegar a la meta que quería sin pagar demasiado por ello. No tenía información suficiente, ni nombres ni descripciones ni edades, para intentar encontrar a sus hermanastros. La única forma de conocerlos era seguir el camino que había trazado Enrique.

No pensaba renunciar a la posibilidad de conocer a su familia «verdadera» y eso significaba que antes tenía que casarse y ser padre. La cuestión estaba en conseguir una situación que él pudiera sobrellevar. No quería que su hijo sufriera por un divorcio ni por la sensación de no sentirse deseado. Si tenía que tener un hijo, también tenía que crear un entorno estable para él.

No dejaba de pensar en una mujer.

Confiaba en que Tess sería perfecta para él y el hijo de ambos.

Estaba casi seguro de que podría alcanzar un acuerdo con ella, un acuerdo sensato y legal que protegiera a todas las partes. Tess no era como las otras mujeres que conocía, esas mujeres que harían cualquier cosa por casarse con él por ser quien era. Tess no quería nada de él, no quería nada de ningún hombre. Sin embargo, podría querer tener un hijo. Además, ella sabía de dónde procedía él. Tessa Steele procedía del mismo sitio.

Daba igual que fuera la verdadera hija de Brian Steele, ella tenía criterio propio y había hecho su propia vida, como Nick.

La cuestión era si ella estaría interesada en vivir con él por el incentivo de tener un hijo juntos.

Capítulo 2

NO se parece nada a ti, Tessa –gruñó el padre de ella mientras miraba con disgusto al niño de dos meses.

Quería decir que no se parecía nada a él. Tess sabía que era la hija favorita de su padre porque podía reconocer sus genes en su pelo rojo, sus ojos azules y su tez clara. Ella nunca había sabido si eso se debía a un instinto que se daba en muchas especies animales o a que le habían intentado atribuir el hijo de otro hombre. La madre de Nick había hecho estragos en el corazón de Brian Steele después de casarse con él.

Estaba claro que su orgullo herido lo había llevado a casarse con otra mujer impresionante, la guapísima actriz de cine Livvy Curtin. Esa unión tan incierta sólo duró dos años, pero al menos le dejó una hija propia y Livvy Curtin se quedó encantada de que al divorciarse la custodia de la niña fuera para él, de esa manera, ella podría dedicarse a su carrera de actriz.

Tess siempre había sabido que su padre la amaba. Aunque su tercera y actual mujer le había dado dos hijos de los que estaba muy orgulloso, él tenía debilidad por su única hija, una debilidad que su tercera mujer llevaba bastante mal y siempre intentaba empujar a Tess hacia su verdadera madre, quien prefería olvidarse de la realidad. Livvy no tenía el más mínimo interés en representar el papel de madre.

La experiencia de Tess había hecho que decidiera darle un esquema familiar muy sencillo a su hijo. Nada de matrimonios ni de divorcios ni de relaciones alargadas de manera forzada. Sobre todo, su hijo sabría que su madre lo amaba. Su herencia genética era lo de menos. Había dado a luz a ese niño y era suyo. Completamente suyo.

–Tiene el pelo rizado –puntualizó ella aunque su pelo rizado lo había sacado de Livvy.

El pelo de Brian Steele era liso y el color rojo se había tornado en blanco. Sin embargo, los ojos azules no habían perdido un ápice de la intensidad que siempre habían tenido y se volvieron hacia su hija para obligarla a que fuera clara sobre algunos asuntos que ella había conseguido evitar.

Estaban sentados en el soleado patio de la finca de la familia Steele en Singleton. Los dos había robado tiempo de sus respectivas actividades. Esa casa de campo le ofrecía a Tess la intimidad que quería para tener a su hijo y, como era el primer nieto de su padre, él le había permitido que la ocupara durante unos meses mientras su mujer y él volaban entre Sidney y Merlbourne para asistir a distintas obligaciones sociales.

–¿Vas a decirme quién es su padre?

–Da igual quién sea, papá –ella sonrió con amor maternal al hijo moreno y de ojos verdes que tenía a sus pies en una cuna–. Es mío.

Además, su piel olivácea le vendría bien para el sol de Australia. No tendría que imponerle restricciones durante su infancia. Él nunca tendría que oír las pavorosas amenazas que ella había oído de su madre.

–Te pondrás muy, muy fea si no te tapas con un sombrero bien grande –le decía Livvy.

Su padre la sacó del ensimismamiento.

–Tessa, entiendo que no quieras casarte con él...

–Él tampoco quiere casarse conmigo –confesó ella antes de darse cuenta de que no debería haberlo dicho.

–¿Por qué?

Su padre parecía ofendido, como si cualquier hombre debiera sentirse enormemente honrado de ser su marido. Al fin y al cabo, ella era una Steele, hija de un multimillonario, heredera de una buena porción de la fortuna de la familia y con considerables atractivos físicos cuando se ocupaba de resaltarlos.

Tess sacudió la cabeza. No quería dar ninguna pista sobre la identidad del padre de su hijo. Su padre se sentiría más ofendido todavía si sabía que era abuelo gracias a Nick Ramirez.

–¿Por lo menos sabe que tienes un hijo suyo?

–No. No se lo he dicho, las cosas podrían complicarse si se lo dijera.

–¿Está casado?

–No –los penetrantes ojos de ella lo fulminaron con la mirada–. Fue algo esporádico. Un gran error, visto desde ahora. Un error para los dos, ¿de acuerdo?

Un error para Nick, por lo menos. Se lo había dejado muy claro a ella, le había demostrado lo espantado que se sentía por haberse visto arrastrado por un arrebato que había terminado con una relación sexual desenfrenada con la hija de Brian Steele.

–¿No crees que puede adivinarlo cuando te vea con un hijo? –le preguntó su padre.

–Eso es poco probable –Tess se imaginó que aquella relación sexual habría quedado como algo completamente arrinconado en la memoria de Nick–. En general, no nos relacionamos socialmente y para cuando ya se sepa que tengo un hijo, la fecha de su nacimiento será secundaria y no habrá ninguna relación directa con él.

–No quieres que él lo sepa –concluyó perspicazmente su padre.

Tess pensó que todo era muy complicado. Aparte de las implicaciones familiares, ella no era de las mujeres a las que Nick solía conquistar y con las que solía acostarse. Además, dada su historia familiar, detestaría completamente verse mezclado en un embarazo accidental. ¡Sobre todo con ella!

Él era completamente contrario al matrimonio y muy escéptico sobre la duración de la relaciones de amor. Para él, la paternidad era inimaginable y si perdía el control de su vida por una paternidad impuesta… Tess sintió en escalofrío al imaginarse la reacción de él. Lo mínimo sería un profundo rencor y ella no quería que eso afectara a su hijo.

Era mejor para Nick no saberlo y para ella también. Nick Ramirez era como la fruta prohibida. Ella no podía dejar de desearlo, aunque sabía que a su lado nunca encontraría la paz ni la tranquilidad. Romper la relación profesional con él por el embarazo había sido como acabar con una adicción. Proponerle un vínculo de por vida por un hijo... Tess sabía que eso sólo le acarrearía un tormento permanente.

–Ocultas algo... –siseó su padre con desazón–. Eso es garantía de sufrimiento en el futuro. Llegará un momento en el que el niño querrá saber quién es su padre. ¿Vas a decirle una mentira? ¿Vas a decirle que está muerto?

–No lo sé. Todavía no he pensado en eso.

–Pues empieza a pensarlo, Tessa –le aconsejó severamente–. Es mejor que aclares las cosas con su padre desde el principio porque tu hijo tiene derecho

a saber quién es y es mejor que no haya sorpresas de-
sagradables más adelante.

Ella lo miró de soslayo sin saber si se atrevía a sacar a relucir el pasado. Hacía poco, Livvy le había
contado lo que había pasado entre su padre y Nick.
Ella, como segunda esposa de Brian, se enteró de la
visita de Nick a quien creía que era su padre y de que
Miss Centro de su Propio Universo no había dicho al
hijo bastardo de su amante brasileño que Brian no
era su padre.

—¿Como pasó con... Nick Ramirez, papá? —le preguntó vacilantemente.

Él hizo una mueca y la miró penetrantemente.

—¿Quién te lo ha contado?

—Livvy.

—Te lo habrá contado como si fuera una escena tea-
tral.

—En realidad, pensó que yo debería conocer los
antecedentes familiares porque tengo relaciones profesionales con él.

—Profesionales... —hizo un gesto burlón—. Un excusa de tu madre para cotillear. Un hombre con las
ideas tan claras como Nick Ramirez no va a permitir
que tus antecedentes familiares se interpongan en lo
que le conviene. Además, él acabó con el apellido de
su padre verdadero y tú tienes derecho al mío. Él ha
respetado eso.

—Pero, ¿para él fue una sorpresa desagradable en
su momento?

Tess quería seguir tirando de ese hilo de la conversación.

—¡Y tanto! —su padre frunció el ceño al recordar-
lo—. No fui muy amable con él y siempre lo lamenta-
ré. Yo estaba furioso con Nadia porque había intentado que me creyera que él era hijo mío y lo pagué con

él. Él no tenía ninguna culpa, era un niño que lucha-
ba por los que creía que eran sus derechos.

–Entonces, de alguna manera... lo admiras...

–No –dejó escapar una risa irónica–, detestaba su
osadía porque me recordaba a ese maldito petimetre
brasileño. Sin embargo, con el tiempo, me arrepentí
de cómo le dije la verdad. Estaba furioso porque Nadia no se lo hubiera dicho –suspiró pesarosamente.–
Él sólo tenía siete años, pero se mantuvo en su sitio y
me desafió hasta que tuve que quitarle de la cabeza la
idea de que era hijo mío. Entonces... fue como si algo
muriera dentro de él –sacudió la cabeza–. Tessa, no
me gustaría que hicieras pasar por esa situación a tu
hijo, a mi nieto. No me importa quién sea el padre,
pero no se lo hagas a tu hijo. Tiene derecho a saberlo
desde el principio.

Era un consejo muy sensato que se abría paso
por el torbellino que se formaba en la cabeza de
Tess cuando pensaba en Nick. A ella le resultaba
inolvidable que él se hubiera sentido azorado por
acostarse con ella, que no hubiera podido olvidarlo
inmediatamente, que hubiera tenido la delicadeza
de no referirse nunca a ello cuando acordaron que
esa intimidad esporádica no debería afectar a su relación laboral.

Él empleaba frecuentemente los servicios de la
agencia de ella para encontrar a los actores más ade-
cuados para sus anuncios. Durante los meses en los
que se reunió con él en la primera fase del embarazo,
Tess había esperado, anhelado más bien, que él diera
alguna señal de que él estaba dispuesto a tener una
relación con ella que no fuera estrictamente profesional.

Ella sabía que era una esperanza vana y, naturalmente, no hubo ninguna señal. En realidad, él no tar-

dó mucho en tener una ardiente aventura con otra de las modelos que pasaban por su vida y su cama.

Cuando Livvy le contó los antecedentes de Nick, Tess supo que él nunca querría tener nada íntimo con una hija de Brian Steele. Seguramente, a él le había divertido emplear su agencia de actores, aunque cuando ella consiguió demostrarle que podía serle útil, él llegó a respetar su criterio.

Incluso habían llegado a una especie de gran amistad al entenderse por sus respectivas circunstancias familiares. Sin embargo, el deseo que brotó una noche... para Nick, retrospectivamente, había sido indeseable y nunca volvería a permitir que lo encontrara con la guardia baja.

El sentido común había hecho que ella adoptara la misma actitud cuando se encontraban por motivos de trabajo y en cada reunión había confirmado claramente que no quería consecuencias de lo que consideraba un momento de locura.

Sin embargo, Tess se dio cuenta de que su padre tenía razón. Sus sentimientos y los sentimientos de Nick no tenían importancia. Su hijo no tenía la culpa de ser una consecuencia. Habían engendrado un hijo y todos los hijos tenían derecho a conocer a sus padres biológicos. Iba a tener que decírselo a Nick, aunque esperaría a sentirse menos afectada, más capaz de adoptar un actitud convincente.

Sonó su teléfono móvil.

Sonrió a su padre y se levantó para alejarse un poco.

–¿Vigilas a Zack mientras me ocupo de esto?

Él asintió con la cabeza

–No sé por qué tienes que llamarlo Zack –gruñó su padre–. ¿Qué nombre es ése? Seguro que es una ocurrencia de tu madre...

Ésa era la forma que tenía su padre de decirle que estaba al tanto del interés de los medios de comunicación por la llegada de Livvy a Sidney y que daba por supuesto que la llamada era de su madre, que hacía poco se había unido a un jovenzuelo ante la desaprobación de él.

Tess supuso lo mismo y se alejó todo lo que pudo porque sabía que cualquier conversación con su madre provocaría un comentario ácido de su padre. Estaba abriendo la verja del patio cuando descolgó y ella dijo su nombre.

–Tess... soy Nick, Nick Ramirez.

Se quedó tan impresionada al oír la voz del hombre que la tenía alterada mental y emocionalmente, que no pudo contestar. También se paró en seco hasta darse cuenta de que tampoco quería que nadie oyera esa conversación.

–¿Dónde estás? –siguió Nick que parecía muy impaciente.

Tess pensó que estaba delante del campo de polo donde su padre había jugado contra el padre de ella y se habían desencadenado todos los acontecimientos que habían llevado a la situación en la que se encontraban.

–¿Qué pasa, Nick? –le preguntó ella con el tono más tranquilo que pudo.

Tendría que ser algo de trabajo. ¿Habría metido la pata su ayudante personal?

–No pasa nada –le aseguró él.

–Entonces, ¿para qué me llamas?

–Quiero quedar contigo.

–¿Para qué?

Silencio.

Tess notó una descarga eléctrica de miedo por todo el cuerpo. ¿Se habría enterado de la existencia del bebé? ¿Pensaría que él podía ser el padre?

–¿Podemos quedar a comer? –insistió él–. Tienes que estar en Sidney. Livvy está aquí.

–No, no estoy en Sidney, Nick.

–¿No me dijiste que tu madre quería que estuvieras con ella mientras dirigía su primera película? ¿Acaso no ha sido por eso por lo que he tenido que tratar con tu ayudante y no personalmente contigo durante los últimos seis meses? ¿No estabas con tu madre?

–Sí.

Tess se dio cuenta con espanto de que Nick podría descubrir fácilmente sus mentiras si se lo proponía un poco.

–Pues Livvy llegó ayer de Los Ángeles. Como has contestado el teléfono, quiere decir que estás en Australia. ¿Dónde estás?

–Estoy en Singleton, visitando a mi padre.

Él dejó escapar un suspiro de decepción.

–Tess, tengo que verte.

El tono apremiante estremeció a Tess.

–¿Para qué, Nick?

Él se aferró a un acontecimiento donde se esperaba la presencia de Tess.

–El estreno de *Waking Up* el jueves que viene...

Era una película de miedo para jovencitos y el estreno estaba programado para el final del curso escolar. Tess había pensado ir el día siguiente a Sidney, volver a su casa de Randwick, encontrarse con su madre, comprarse algo adecuado para el estreno...

–Me acuerdo de que hiciste el reparto de esa película –comentó Nick satisfecho de tenerla centrada en un sitio y una fecha–. Si no tienes acompañante para recorrer la alfombra roja, yo me ofrezco. ¿De acuerdo?

Tess, impresionada por lo que no podía considerarse, bajo ningún concepto, una cita de trabajo, estaba boquiabierta por la propuesta.

–¿Por qué? –balbució ella.

–¿Por qué no? ¿Por fin has encontrado a algún hombre que te guste? ¿Un hombre que se oponga a que vayas conmigo?

El tono de la voz dejaba muy claro que a él le daba igual ese posible obstáculo.

–¿No hay ninguna mujer colgada de tu cuello que se oponga a que los focos nos iluminen a los dos?

–Ni una –aseguró él.

–No me creo que no tengas a nadie en tus redes.

–Esas redes serán destruidas antes del jueves.

Tess se preguntó si aquello no era algo inquietante para ella. Era normal que las mujeres entraran y salieran rápidamente de la vida de Nick, pero asociar la salida de la actual mujer con esa cita tan excepcional con ella... ¿estaría haciendo borrón y cuenta nueva para afrontar su paternidad?

Esa cita no podía ser de trabajo, pero ¿cómo podía haberse enterado de lo del bebé si ella había desaparecido de Sidney antes de que se notara su embarazo?

Tess tomó aire.

–¿De qué se trata, Nick?

–Te lo diré cuando te vea, Tess. ¿Dónde y cuándo te recojo para ir al estreno?

Él estaba dando por supuesto que ella no tenía acompañante o que cancelaría cualquier cita previa para ir con él. Tampoco podía reprochárselo. Él creía que ella llevaba seis meses en Los Ángeles y que no tenía nada serio con ningún hombre de Sidney. Nick Ramirez era un cliente muy importante. Además, todavía tenía muy presente el consejo que acababa de darle su padre y era una buena oportunidad de intimar un poco con Nick en nombre de su hijo. Por otro lado, no quería que Nick supiera nada de Zack hasta que ella creyera que había llegado el momento adecuado de decírselo.

–Esa noche estaré en el hotel Regent –era un te-rreno completamente neutral–. La fiesta después del estreno se celebrará allí.

–Nos veremos en el vestíbulo del hotel para tomar una copa a las seis.

–De acuerdo, a las seis...

–Gracias, Tess.

¿Había cierto tono de alivio en su voz? A Tess le intrigaba que Nick Ramirez la necesitara para algo personal.

–La verdad es que te he echado de menos mien-tras estabas fuera –añadió él con un tono levemente burlón que daba siempre a todas sus manifestaciones sentimentales–. Estoy deseando estar contigo.

Se cortó la conexión.

Ella se quedó atónita. Esa llamada no podía tener que ver con su hijo. Estaba claro que Nick se había creído la historia de su viaje a Los Ángeles. Lo más intrigante era que la hubiera echado de menos, eso sólo podía referirse a ella como persona. La película no tenía nada que ver con el trabajo y él se había ofrecido como acompañante.

Sin embargo, todo aquello no tenía sentido cuan-do él siempre se había negado tajantemente a tener un relación personal con ella.

Él ni siquiera se había despedido de su novia...

La única explicación era que Nick necesitara algo muy urgente de ella, algo suficientemente importante como para que él infringiera sus propias normas.

Lo cual daba un giro fascinante a todo. Tess deci-dió que no tenía nada que temer de él y seguramente mucho que ganar.

Capítulo 3

NICK sonrió al entrar en el hotel Regent. Empezar una relación con Tess a la luz de los focos de un estreno había sido una jugada maestra. Si el encargado de informar a Javier Estes, el abogado de Enrique, estaba haciendo su trabajo, lo vería fácilmente. Era el primer paso para el amor y el matrimonio.

Eran las seis de la tarde y el vestíbulo del hotel estaba lleno de gente que se preparaba para todo tipo de planes. Nick se quedó en un hueco cerca de los ascensores para que Tess pudiera verlo cuando bajara. Tess, al revés que casi todas la mujeres que había conocido, era muy puntual.

Seguro que sería una costumbre que había adquirido en el internado. Era otra parte del pasado que compartían. Los dos habían ido a un internado, donde acababan muchos hijos molestos. También estaba seguro de que Tess estaría de acuerdo en que su hijo no iría a un internado, si tenían un hijo...

Nick no estaba completamente convencido de la idea de tener un hijo con todas las responsabilidades que eso implicaba. Por el momento sólo estaba tanteando las posibilidades. Podía imaginarse la parte del matrimonio con Tess. Era una cuestión de papeleo, un contrato que se firmaba y se rescindía según quisieran las partes. La parte del hijo era más complicada.

Aunque pareciera raro, Enrique había despertado en él la cuestión sobre cómo los padres tenían que tratar a los hijos. Nick se encontró con una lista interminable de negativas sacadas de su propia experiencia. Sin embargo, lo más difícil era elaborar una lista de aportaciones positivas que todos los niños merecían. Eso exigiría una programación muy consistente. Si se metía en aquello.

Enrique había planteado un reto muy astuto. Para tener unos hermanos, tenía que tener un hijo. Sin embargo, un hijo era un hijo y exigía mucha dedicación. Sus hermanos tenían que ser personas adultas, hombres que podrían caerle mal, que no se merecieran que él pasara por todo aquello para conocerlos.

No obstante, que se los hubieran ocultado arbitrariamente... ¡Era insoportable!

El bullicio del vestíbulo se convirtió en expectante y notó que la gente se giraba hacia la escalera que bajaba del entresuelo, donde estaba el restaurante principal. Seguramente, sería uno de los protagonistas de la película. Nick la reconoció, pero tardó unos segundos en asimilar lo que estaba viendo.

Tess estaba bajando las escaleras como una reina de la pantalla... Tess estaba tan resplandeciente y maravillosa, que la madre de ella y él pasarían desapercibidos...

El pelo rojo le caía con unos rizos largos y dorados sobre los pálidos hombros. Ese marco impresionante rodeaba a una cara que irradiaba la energía generada por sus ojos azules y su sonrisa de una blancura cegadora.

Llevaba un vestido que habría despertado la admiración en cualquier alfombra roja del mundo. El encaje con lentejuelas plateadas apenas cubría sus pechos y se ceñía a su esbelta cintura para caer provocativamente sobre las largas piernas y las seductoras sandalias de tacón alto.

Como remate estaban las joyas: una pulsera de diamantes, unos pendientes largos, también de diamantes, y una fina cadena de diamantes alrededor del cuello que terminaba en un gran diamante. La heredera del imperio minero no ocultaba nada de su esplendor.

La visión de Tess produjo cosquilleos en el estómago de Nick y la reacción normal en un hombre. Lo cual le impidió seguir pensando.

Tess se paró a medio camino de la escalera. Ella vio a Nick antes de seguir el peligroso descenso sobre los zapatos de tacones vertiginosos que tenía que llevar con aquel vestido. Él no podía apartar la mirada de ella, pero no se movió, no hizo nada para acercarse a ella.

Tess sintió una satisfacción casi perversa por la expresión de asombro que tenía él. Ella había decidido no arreglarse especialmente para él cuando tenían que verse por motivos de trabajo para que él no creyera que era otra mujer que se moría por captar su atención, pero eso no significaba que no pudiera sacar partido de sí misma si quería. Sólo necesitaba tiempo para ir a la peluquería, al esteticista y de compras. Y dinero, naturalmente. Siempre había creído que el aspecto externo era muy importante.

Si ella tenía que hacer zozobrar la relación entre ellos al decirle que tenían un hijo, había decidido que también podía hacerla zozobrar en todos los sentidos y conseguir que él no la viera como alguien deseable sólo de vez en cuando, conseguir que él se acordara de lo que había sentido la noche que engendró a Zack. No sabía si se había puesto tan provocativa por mero orgullo o por una necesidad incontenible de dejar pasmado a Nick y que él se replanteara lo que quería de su relación.

Hacía casi un año desde que él desapareció después de una noche de sexo desenfrenado. ¿Estaría él recordándolo en aquel momento? ¿Por eso se habría quedado clavado en el sitio? Era Tess la malvada que se lo recordaba, Tess la descontrolada que no hacía algo sensato por una vez.

Empezaba a rebelarse contra la situación en la que la había puesto Nick. Él seguía parado en medio del vestíbulo. ¡Muy bien! Ella iría hasta donde estaba él y le obligaría a reconocer que esa noche estaba con ella porque él se había empeñado.

Se puso otra vez en marcha con una furia que tornó su elegancia inicial en un descarado pavoneo. Quizá aquello lo sacara de su pasmo. Él se acercó hacia el pie de la escalera. Como pasaba siempre, la gente se apartaba a su paso como el mar Rojo al paso de Moisés. Era alto, moreno y guapo y tenía un carisma imponente, sobre todo cuando iba vestido de etiqueta. Ese aspecto de latin lover despertaba una sensación de peligro que se sumaba a su atractivo sexual.

Cuando Tess lo vio por primera vez, pensó que no habría ninguna mujer en el mundo que fuera inmune a sentir el deseo de conocerlo en la cama. El problema era que Nick lo sabía y ella sintió ganas de ser la excepción y desafiar el poder que tenía para que las mujeres se rindieran a sus pies.

Sin embargo, ella no fue la excepción.

Ella sucumbió cuando él le concedió la posibilidad de acostarse con ella y habría sucumbido otra vez si hubiera tenido la oportunidad. Sin duda, sería mucho más fácil decirle que era el padre de su hijo si estaba en la cama con él.

Sin embargo, si ella lo había alterado, había recuperado el dominio de sí mismo cuando llegó al pie de las escaleras y la tomó de la mano para besársela con cierta solemnidad burlona.

–Puro Hollywood, Tess –susurró él mientras le rozaba la piel con los labios–. ¿Estás preparándote para el estreno?

Ella notó una descarga de adrenalina que la puso a la defensiva y su corazón se le aceleró por la decepción. Si él buscaba algo personal esa noche, evidentemente, no iba a pasar de la amistad platónica.

–He pensado que tenía que subir el listón por la publicidad –explicó Tess para ilustrar sus esfuerzos por impresionarle a él de una forma profesional y no personal.

–No lo has subido, Tess –él se rió irónicamente–, has liquidado cualquier competencia posible.

–No estoy compitiendo –replicó ella inmediatamente–. ¿Me he excedido? ¿Por eso te has quedado ahí parado en vez de ir a buscarme?

Él negó con la cabeza y sus ojos brillaron burlonamente al captar esa repentina falta de confianza en sí misma.

–No te has excedido, Tess. Es más, te mereces una ovación por una producción perfecta. No me esperaba una entrada tan espectacular.

–Bueno –ella se encogió de hombros–, cuando quiero, puedo ser una hija digna de mi madre. ¿Por qué no iba a hacerlo si voy a un estreno?

–¿Por qué no? Lo que pasa es que yo he necesitado un momento para acostumbrarme a esta imagen tuya.

–Ya me habías visto arreglada –replicó ella impulsada por la necesidad de que él reconociera que la había encontrado deseable la última vez que ella se arregló especialmente.

Él bajó las pestañas para ocultar su reacción ante ese recuerdo y esbozó una leve sonrisa con aquellos labios carnosos.

–¿Estás jugando con fuego?

Ella notó que se sonrojaba y maldijo no poder contener una señal tan clara de lo que estaba sintiendo. Su alteración exigía un contraataque.

–Tú has empezado, Nick. Yo no te pedí que me acompañaras. Te invitaste solo.

–Efectivamente.

La boca de Nick seguía con su gesto provocador que hacía que Tess fuera otra de las muchas mujeres que querían devorarlo.

–En cuanto a la entrada espectacular –arremetió ella para intentar igualar la situación–, tú estabas tan ensimismado en tu mundo, que no pude captar tu atención desde arriba. Luego, cuando empecé a bajar y tú me miraste por casualidad, en vez de ir a mi encuentro te quedaste clavado y tuve que bajar sola...

–No me digas que no disfrutaste al causar tanta impresión –comentó él con sorna.

–Resulta que me he vestido para la ocasión, Nick Ramirez, y en vez de alentar tu vanidad pensando que me he vestido para ti, podías acompañarme otra vez arriba para tomar algo en la cafetería antes de ir al cine.

–A su disposición –él sonrió encantadoramente y le puso la mano en su brazo–. Además, esa lengua tan afilada me ha recordado por qué te he echado tanto de menos.

–Déjate de milongas –espetó ella.

Tenía el pulso desbocado y por eso no podía quedarse dentro de los límites de la discreción. Estaba celosa de todas las demás mujeres, pero demostrarlo con su lengua afilada no era una buena idea.

Para alivio de ella, Nick se rió y la miró con sus

ojos verdes rebosantes de placer, lo cual hizo que casi se derritiera el férreo orgullo que Tess intentaba conservar. No era justo que un hombre fuera tan atractivo. Si sólo fuera una impresión física, no sería difícil pasarlo por alto, pero cuando los dos conectaban mentalmente, algo que ocurría con demasiada frecuencia, toda ella anhelaba tener a Nick como su hombre en exclusiva. Desgraciadamente, saber que eso no pasaría nunca no restaba nada de deseo. Tess casi siempre lo contrarrestaba con una buena dosis de cordura y objetividad cuando estaba cerca de Nick. Ella no estaba en su mejor momento. Seguramente, nunca volvería a estarlo. En esos seis meses de distanciamiento, había perdido práctica en el juego de las frases ingeniosas.

Tess volvió al amargo mundo de las mujeres de él y decidió que podía ser clara para resolver esa situación.

–¿Podrías explicarme por qué has dejado a un lado a tu actual compañera de cama para venir conmigo esta noche?

–Mera casualidad. Ella estaba preparada para dar ese paso –sonrió sarcásticamente–, ya tenía a otro tipo en el punto de mira.

–¿Se había dado cuenta de que nunca te casarías con ella?

–Nunca incito a ninguna mujer a pensarlo, Tess.

–Tampoco haces nada para evitar que lo esperen. Al fin y al cabo, es parte del acuerdo tácito.

–¿Qué acuerdo tácito?

–Sabes perfectamente de lo que hablo. Es parte del mundo en el que los dos vivimos. Los hombres persiguen a las mujeres más guapas que puedan permitirse y las mujeres persiguen al hombre más rico al que puedan atraer.

Su padre y su madre eran dos ejemplos perfectos de esa pauta de comportamiento.

—Yo no compro mujeres —replicó Nick.

Ella lo miró con sorna.

—Claro que lo haces. Las compras por ser quien eres, aunque nunca cierres el acuerdo. Al principio no se dan cuenta de que sólo quieres colarte en sus dormitorios y no quedarte en ellos. Estoy segura de que cada una de ellas cree que será la que consiga conservarte.

—Bueno, yo no puedo controlar las esperanzas de los demás, pero no las estimulo.

—¿Quieres mantener tu prestigio de integridad?

—Siempre he detestado los engaños, Tess.

Eso le puso los nervios de punta al pensar lo que estaba ocultándole. Quizá debiera soltárselo en ese momento, comunicarle su paternidad y ver cómo reaccionaba. Además, todavía no le había dicho por qué quería acompañarla esa noche y tenía que haber algún motivo. Tess no se creía que sólo hubiera echado de menos su lengua afilada.

La cuestión de la paternidad podría esperar un poco. Primero quería satisfacer su curiosidad.

—¿Te conformas con un plato de fruta y queso o quieres algo más consistente? —le preguntó Nick mientras la llevaba a un rincón que daba al vestíbulo—. ¿Qué quieres beber?

—Mmm... un delicioso brandy Alexander para beber y un perverso trozo de tarta de chocolate para comer —había decidido darse ese placer, ya que llevaba una carga tan especial—. Además, no voy a compartirlo, de modo que si tienes hambre, pídete algo.

Nick la miró con sorpresa ante un pedido tan alejado de un régimen.

—Esta noche no estás con una modelo —le aclaró ella con ironía—. Me apetece darme un capricho.

–Las curvas están muy bien –Nick sonrió con calidez.

Nick le dirigió la mirada al escote cuando ella se sentó y Tess volvió a sonrojarse. Para sonrojarla más todavía, él la miró con unos ojos cargados de lujuria.

–Iré a pedirlo, tardaré un minuto.

Ella asintió con la cabeza y pensó que se había vestido para provocar ese tipo de reacción. Él seguramente no podría evitarlo y ella tendría que sentirse contenta. Ella quería que él la deseara, aunque no sólo porque esa noche ella hubiera resaltado sus abundantes pechos. Eso hacía que ella se pusiera en la misma categoría que las demás mujeres de él. Tess sacudió la cabeza, no sabía lo que quería de Nick esa noche, pero sí sabía que no quería que él se diera cuenta de lo vulnerable que era a los deseos que despertaba en ella. Afortunadamente, el vestido tenía lentejuelas que disimulaban los prominentes y duros pezones.

Era muy fastidioso verse alterada sexualmente cuando no conseguía respuestas de él. Tomó aire para tranquilizarse y decidió tomar la iniciativa. Se lo preguntaría en cuanto él volviera. Antes de que pudiera plantearse la estrategia. Nick estaba sentado enfrente de ella.

–¿Tú dónde entras en el acuerdo? –le preguntó él.

Ella lo miró sin entender nada.

–¿De qué acuerdo hablas?

–Del que los hombres persiguen a las mujeres más atractivas que pueden permitirse y las mujeres persiguen a los hombres más ricos a los que pueden atraer.

–Yo no entro –Tess se encogió de hombros–. Supongo que no puedes separar a una heredera de la fortuna que va con ella. En caso de matrimonio, sería inevitable que los hombres pensaran más en mi dinero que en mí y yo preferiría no notar que están conmigo por ese motivo.

–¿Por eso sigues soltera? ¿No crees que un hombre pueda quererte por ti misma?

–¿Por qué intentas psicoanalizarme otra vez? No se te da muy bien. La última vez decidiste que me habían engañado y herido tantos hombres, que me había convertido en un témpano. Todo porque no te seguía el juego...

–¿Qué juego?

–El de que tú exhibes todo tu magnetismo sexual y yo debería convertirme en plastilina para que puedas moldearme como quieras.

Él puso los ojos en blanco.

–No he intentado anularte con mi magnetismo sexual.

–No, seguramente brote de ti de forma natural, pero te irritó mi resistencia. Si no, ¿por qué dijiste que yo era un témpano?

–También renegabas de tu feminidad, Tess. Siempre ibas con una camisa y unos vaqueros, sin maquillar y con el pelo peinado de cualquier manera.

–Sencillamente, en mi trabajo no tengo que impresionar a nadie con mi aspecto. Vendo el aspecto de mis clientes y es mejor que yo no interfiera.

–Muy bien, te he interpretado mal –volvió a hacer la mueca tan sexy–. Además, me has demostrado que estaba equivocado. Hace mucho que dije que eras un témpano sexual.

–Hace sólo un año –le recordó ella.

Era una fecha muy pertinente para ella, considerando que todavía tenía que hablarle de Zack.

–Ahora te conozco mejor –insistió él.

–Íntimamente mejor –añadió ella para que él recordara lo que ella no podía olvidar.

–¿Alguna objeción a volver a estar tan cerca, Tess?

Se lo preguntó a bocajarro, sin preámbulos, sin ningún coqueteo que pudiera prevenirla.

Tess se quedó muda y sin aliento. Aunque estaba tan atónita, que tampoco podía pensar nada que pudiera decir. Más aún, los latidos de su corazón retumbaban en su cabeza vacía.

Un camarero se acercó para servir las bebidas y la tarta de chocolate.

Nick podía esperar una respuesta hasta que volvieran a estar solos. Se dejó caer sobre el respaldo y esperó. La observó y esperó. Tess tuvo la extraña sensación de que él reservaba toda su energía para rebatir su réplica y obtener lo que quería como fuera.

¿Con qué objeto? ¿Por qué en ese momento?

Capítulo 4

NICK se preguntó si debería moderar su oferta. La turbación de Tess era innegable. Ella no se lo había esperado y seguramente sentía rechazo.

Él había interpretado que su provocativa escena de la escalera iba dirigida a él, que era una provocación sexual, pero también era posible que sólo fuera una escenografía femenina para sentirse el centro de atención. Quizá le pareciera algo normal después de haber pasado seis meses con su madre en Hollywood.

La cuestión era que a él lo había alterado. Le había recordado claramente cuando estuvo con ella sin que nada se interpusiera entre la pasión y el placer desenfrenado. Se dijo que había sido un error mayúsculo tener una aventura sexual con alguien tan importante para su trabajo, pero la verdad era que se había visto caer en un terreno muy peligroso con Tessa Steele y sus instintos de supervivencia le habían advertido que saliera de allí inmediatamente y no volviera a acercarse a la tentación. Implicaba toda una serie de consecuencias que no quería afrontar.

Sin embargo... el matrimonio era otra cosa y, si iba a tener un hijo con Tess, tendría que afrontar las consecuencias.

Le pareció que tener una relación sexual maravillosa con ella era un valor añadido y una forma de persuadirla para que se planteara casarse con él. Estaba claro que los dos congeniaban muy bien. Al verla vestida para seducir, él había pensado que estaba invitándolo a repetir la situación, lo cual habría facilitado el camino para una relación larga e íntima.

Nick pensó que todavía podía conseguirlo si jugaba bien sus bazas. Quería intimidad con ella; la quería tanto, que el deseo le resultaba sorprendentemente desazonador.

Tess se quedó muy quieta mientras el camarero colocaba todo en la mesa. Estaba quieta, silenciosa y tensa. Cuando el camarero se fue, ella miró la tarta, agarró un tenedor, cortó un trozo, lo clavó y se lo llevó a la boca. Luego, levantó la mirada y le dirigió dos fogonazos azules.

—Eso no tiene sentido, Nick. ¿Por qué, de repente, ibas a querer divertirte otra noche conmigo?

—Porque el recuerdo me dice que fue algo que merece la pena repetirse, Tess.

Ella volvió a sonrojarse, pero la mirada no perdió un ápice de su intensidad.

—Yo creía que nunca te atabas a nada ni a nadie.

—Bueno, es la actitud más sensata en este mundo de parejas inestables. Te ahorra dolor.

—Y nosotros, ¿por qué íbamos a repetir?

—En estos momentos, no pienso en divertirme una noche.

—Creo que lo mejor será que me digas lo que estás pensando, Nick, porque me encuentro perdida.

Tess se metió otro trozo de pastel en la boca y le dejó hablar. Seguía mirándolo, con cierta reserva, pero sin que se le escapara cualquier cambio en la expresión de él.

—Si tuviéramos una relación más íntima, por lo

menos sabrías que no tiene nada que ver con tu dinero –empezó a exponer él lentamente–. Es más, no tocaría ni un céntimo de la fortuna de los Steele por nada del mundo.

Ella dejó escapar una risa burlona.

–Creía que eso me incluía.

–¿Qué quieres decir? –le preguntó Nick con el ceño fruncido.

–Bueno... después de nuestra... aventura... te faltó tiempo para dejarme. No quisiste volver a tocarme. Me pareció como si te sintieras espantado por haber tenido relaciones sexuales con la hija de Brian Steele.

–¿Crees que me importa quién sea tu padre? –estaba pasmado de que pensara que su padre imponía la opinión que tenía de ella–. Los padres no me importan lo más mínimo, Tess. Llevamos nuestra vidas independientemente de ellos.

–No te importan... –repitió ella como si lo sopesara–. De acuerdo, acepto que no te atraiga el dinero de mi padre... pero me dices que no te importa quién sea aunque una vez pensaste que era tu padre y él te rechazó espantosamente...

–Es una historia muy vieja, Tess.

–¿Te lo parece? –lo miró con ironía–. Siempre he pensado que somos el resultado de nuestro pasado. Todo está en nuestro interior y dirige lo que somos y quiénes somos. Los padres, por ejemplo. Yo adoro al mío...

–Haces muy bien –replicó él interrumpiéndola–. Yo no tengo nada contra Brian Steele. Tenía todo el derecho a negar que yo fuera su hijo. Tampoco tengo nada contra que seas su hija.

A él le parecía bastante divertido que su fugaz padre acabara siendo su suegro y Brian Steele no pudiera negar que su hijo fuera su nieto.

–A ver si lo entiendo –Tess suspiró–. El único motivo para que nuestra aventura fuera una aventura de una noche fue que teníamos una relación laboral y no era buena idea que la aventura fuera más larga y que eso complicara las cosas entre nosotros. ¿Es así?

–Efectivamente.

Aunque el motivo principal fue la poderosa sensación de estar cayendo en la misma trampa en la que caían los hombres de su madre, que perdían el dominio de ellos mismos y de sus vidas al entregarse al poder sexual que ella ejercía sobre ellos. Una sola noche con Tess le había bastado para darse cuenta de lo adictiva que ella podía ser. Sin embargo, si podía mantener las cosas dentro de lo razonable, y Tess era una mujer muy razonable...

–Sin embargo –siguió ella–, como mi agencia ha seguido trabajando contigo durante mis seis meses de ausencia, has reconsiderado la situación y has decidido que puedes tener otra aventura inofensiva conmigo. ¿Es así, Nick?

El tono de incredulidad de ella expresaba bastante claramente que encontraba la propuesta fuera de lugar, pero él tenía que plantearla y, cuanto antes, mejor. Eso le daba un punto de partida.

–No es una aventura, Tess. Yo estaba pensando más bien en el matrimonio y en tener un hijo.

Para Tess fue como si toda su vida diera un vuelco. Tuvo unas ganas incontenibles de gritar que ya tenían un hijo, pero la palabra matrimonio se lo impedía.

Llevaba muchos minutos acariciando la idea de decirle que era padre. Le había parecido que se habían dado algunos momentos ideales, pero los había dejado escapar ante la seductora posibilidad de que Nick quisiera tener una aventura con ella.

Sin embargo, el matrimonio quería decir que Nick sería su marido, su hombre, el sueño imposible hecho realidad.

Salvo que él no había dicho que ella fuera el amor de su vida. Para ella, cualquier declaración de sentimientos profundos llegaría once meses tarde. No tendría ninguna credibilidad.

Lo único que le había animado a hacerle esa propuesta había sido las ganas de repetir la experiencia sexual con ella, pero ¿desde cuándo el matrimonio tenía algo que ver con las ganas de acostarse con una mujer? Por no decir nada de tener un hijo juntos.

Dejando a un lado que ya tuvieran un hijo juntos, ¿por qué iba a querer ser padre Nick? Él evitaba cualquier compromiso como a la peste.

No había dicho nada de por qué quería que ella fuera su mujer ni por qué quería una mujer. Siempre había mostrado desprecio por la institución del matrimonio y lo llamaba una trampa de posesiones en la que sólo los muy tontos caían voluntariamente.

Se acordó de repente de que él había asegurado que nunca tocaría un céntimo de la fortuna de los Steele y, naturalmente, al ser rica, él daba por supuesto que ella no lo desplumaría si se divorciaban. De forma que la trampa de posesiones no se podía aplicar a su matrimonio. Evidentemente, él lo había tenido en cuenta, pero eso no explicaba que quisiera casarse con ella.

—Es una... sorpresa... —replicó ella sin saber qué decir.

—Espero que no sea desagradable —Nick esbozó una sonrisa—. Creo que podríamos llevarnos muy bien, Tess.

El ronroneo de su voz era como el canto de una sirena que la llamaba para que superara todos los obstáculos y fuera con él. Sin embargo, todo un cúmulo de heridas en el pasado la impedían lanzarse ciegamente a lo que seguramente sería un campo de minas para ella.

–¿Estás cansado de acechar mujeres?

Tess dejó el tenedor y dio un sorbo de su bebida mientras lo miraba por encima del borde del vaso.

–Creo que la monogamia con la mujer adecuada podría ser muy agradable.

–Mmm...

Tess paladeó el brandy con nata e intentó no sentirse halagada por que la calificara de mujer adecuada.

Su orgullo la había obligado a permitir que Nick siguiera agradablemente con su relación profesional después de pasar una noche juntos y no organizar ningún drama cuando él pasó a satisfacer sus necesidades sexuales con otra mujer. Sin embargo, si él creía que iba a soportar un matrimonio lleno de infidelidades, podía olvidarse de que fuera nada agradable.

–En realidad, estás deseando intentarlo –le provocó ella para comprobar su sinceridad–. Ya sabes, ser fiel a tu mujer hasta que la muerte os separe...

–Hablo de una sociedad, Tess, no de una sentencia a cadena perpetua. Como cualquier sociedad, es válida mientras nos sirva a los dos. Si no nos da lo que buscamos, la disolvemos.

En resumen, sería algo a su conveniencia. Como siempre. Ninguna declaración de amor eterno saldría de los labios de Nick Ramirez. Esos labios eran fantásticos para besarlos, para prometer los placeres sexuales más increíbles, pero no para el amor eterno.

–¿No me dijiste que dos años era el límite máximo para la pasión? –ella esbozó una sonrisa burlona–. Aunque me hayas echado de menos durante mi ausencia, ¿nos ves casados durante algún tiempo?

Él asintió con la cabeza.

Ella no podía creerlo.

–Ahí entra lo de agradable –le explicó él–. Siempre he disfrutado en tu compañía. Nunca me he aburrido contigo y nunca me ha parecido que te hayas aburrido conmigo. No creo que eso vaya a cambiar. ¿Y tú?

–No lo sé. Nuestros esporádicos encuentros no sirven para saberlo, Nick. Me sorprende que estés preparado para basar un matrimonio en eso. Me sorprende que siquiera pienses en el matrimonio –Tess arqueó una ceja–. ¿Podrías explicármelo?

Tess sospechó que Nick Ramirez nunca permitiría que una mujer traspasara las barreras que protegían su corazón y su alma y tampoco se lo permitiría a su mujer. Sin embargo, había sacado una cosa en claro. El motivo para proponerle matrimonio era profundo y muy personal porque Nick intentaba ocultárselo. Necesitaba una mujer por algún motivo y la había elegido como la candidata más adecuada.

Ella no había perdido todo su atractivo sexual desde que tuvieron la aventura.

Ella no se puso histérica cuando él se fue con la primera mujer que se le cruzó por delante.

Ella no lo arruinaría cuando se separaran porque tenía dinero a raudales.

Ella, que era muy sensata, no le causaría mucho dolor cuando él hubiera satisfecho sus propósitos privados.

Tess notó que una oleada de resentimiento la dominaba mientras esperaba a que Nick encontrara un argumento que la convenciera.

Era imposible, se dijo ella. Era imposible que ella fuera un peón en un juego que no incluía quererla. Sus ojos verdes se clavaron en los de ella.

–Se trata de tener un hijo –le explicó él delicadamente–. Se trata de tener un hijo en un hogar mucho más estable que el que hemos tenido nosotros. Tú me seguirías en eso, ¿verdad? Los dos sabemos lo que pasamos, así que... –aumentó la intensidad de su mirada–. Lo haríamos mejor...

A Tess, el corazón se le subió a la garganta y bloqueó toda la perorata que había estado a punto de soltarle. Sabía lo de Zack. Tenía que saberlo. Le había hecho una propuesta de matrimonio porque creía que lo correcto era que su hijo viviera con unos padres y tuviera un hogar.

–Creo que juntos conseguiríamos que saliera bien –insistió él.

Ella se sentía abrumada. Nunca habría esperado que Nick aceptara la paternidad y, mucho menos, que siguiera el anticuado camino del matrimonio por el bien de su hijo. Una vocecilla cargada de cinismo le dijo que en realidad él se había encontrado con un hecho consumado y eso podría haberle despertado algún instinto de propiedad sobre Zack.

–No tienes que casarte conmigo –espetó ella porque le espantaba que pudiera haber un vínculo íntimo entre ellos que estuviera basado en la sensación de verse atrapado–. No me importará compartir a Zack contigo. Me alegro de que quieras ser parte de su vida.

–¿Zack? –Nick frunció el ceño.

Tess pensó que iba a criticarle el nombre, como hacía su padre.

–Me parece que no puedes reclamar ningún derecho sobre nuestro hijo –afirmó ella con tono beligerante–. Tú no estabas conmigo cuando di a luz hace dos meses...

–¿Diste a luz... a nuestro hijo... hace dos meses?

Su voz pasó de un gruñido de irritación a un bramido de emociones en ebullición. Sus ojos refulgieron con una intensidad aterradora.

El sonido de cristales rotos captó la atención de Tess. La copa de Martini de Nick estaba hecha añicos sobre la mesa y él sujetaba en la mano el fino tallo de cristal. Unas gotas de sangre caían al mantel.

Era la cruda realidad, pensó Tess mientras el corazón le latía desbocado por habérsela presentado a Nick.

Zack, el hijo de ellos, era muy real y Nick no sabía nada de él.

Tess sintió como un puñetazo al darse cuenta de lo que había hecho. Cerró los ojos y la boca. Todo se le había ido de las manos.

Capítulo 5

NO era mentira por mucho que Nick así lo quisiera. La lógica seguía abriéndose paso a pesar de la resistencia que él oponía. Ella había dicho la verdad al pensar que él ya lo sabía. Ella no había empleado ninguna artimaña para obtener algo de él, no tenía ningún motivo para mentirle sobre su hijo. Además, no pudo fingir la cara de asombro cuando se dio cuenta de que la proposición de matrimonio no se había debido al hijo que ella había tenido en secreto, incluso era imposible pensar que ella se hubiera equivocado y el padre fuera otro hombre. Aun así, si él aceptaba que eso era verdad, también eran verdad otras cosas que él no quería aceptar. Las palabras de la carta de Enrique le bullían como lava en la cabeza:

Recuerdo cuando me visitaste con dieciocho años y el desprecio de tu mirada por la vida que yo había llevado, por haber gozado de mujeres hermosas sin dar nada a cambio. ¿Sinceramente crees que tú no has seguido el mismo camino desde entonces? ¿No has disfrutado de todas las que has podido sencillamente porque has podido?

Estás siguiendo mis pasos...

Nick había pensado que él era distinto. Él no había sido tan irresponsable y promiscuo...

Sin embargo, había hecho exactamente lo mismo que su padre. Además, se lo había hecho a Tess. La había dejado embarazada de un hijo del que no sabía nada.

Un hijo que había nacido hacía meses. Un hijo bastardo.

—Señorita Steele, ya ha llegado su limusina.

El anuncio del botones sacó a Nick de su tumultuosa meditación.

—¡No! —exclamó mientras golpeaba la mesa con la mano libre—. Dígale que se vaya. No vamos a ir al estreno.

—¡Señor! —la expresión del muchacho era de consternación—. Se ha cortado la mano, ¿necesita un médico?

Nick miró la mesa y vio la bebida derramada, los trozos de cristal, el tallo que sujetaba y estaba teñido de la sangre que le brotaba entre el pulgar y el índice.

—Creo que bastara con unos pañuelos de papel —propuso Tess sin alterarse.

Nick levantó la mirada y comprobó que ella también miraba la herida.

El botones dudó.

—Si al señor Ramirez le han servido una copa defectuosa...

—No pasa nada. Usaré mi pañuelo.

Se sacó el pañuelo del bolsillo de la chaqueta, dejó el trozo de cristal que seguía sujetando y se vendó la evidencia de lo que había sido un momento de locura.

—Siento las molestias —susurró Nick.

—No se preocupe, señor. Haré que le limpien la mesa. En cuanto a la limusina, señorita Steele...

—Tess... —Nick la miró con unos ojos implacables.

Ella tomó aire y cedió al cambio de planes.

—No la necesitaré. Por favor, dígale al chófer que puede marcharse.

El botones se marchó para transmitir su recado y un camarero apareció casi simultáneamente para limpiar la mesa.

—Deberías comprobar que el corte es leve —le aconsejó Tess, que no dejaba de mirar la herida.

Él se dio cuenta de que estaba nerviosa por estar con un hombre tan fuera de sí que había roto una copa y no se había dado cuenta. Estaba muy tiesa, con las manos en el regazo e intentando parecer tranquila, pero el color rojo intenso de sus pómulos era un reflejo de la inquietud y del cúmulo de preocupaciones que la abrumaban.

Nick se miró la herida para aliviar cualquier preocupación.

—Bastará con un esparadrapo —confirmó él despreocupadamente.

Tenía las manos crispadas y con ganas de pelea, pero sabía que quería pelear con Enrique, no con Tess.

Tess era su solución, no su problema.

Tenía que ser justo con ella, ganar su conformidad para lo que él necesitaba y, sobre todo, tenía que demostrarse que su padre brasileño estaba muy equivocado.

—¿Quiere otra bebida, señor?

—No, gracias.

Era un momento que exigía toda su serenidad y su destreza para negociar amablemente porque no tenía ningún derecho legal. Tess tenía a su hijo. Tess también tenía el respaldo de toda la fortuna de los Steele para repeler cualquier reclamación que él hiciera sobre su hijo si traspasaba lo que ella creía que era el límite de lo sensato. Ella tenía la sartén por el mango.

Tenía que conseguir que se casara con él. Ya no se trataba de conocer a sus hermanos. Se trataba de portarse bien con su hijo.

–Entonces... –empezó Nick cuando se fue el camarero–...has quedado conmigo hoy para decirme esto...

Ella negó con la cabeza.

–Más bien para saber por qué querías quedar conmigo repentinamente. Eso hizo que me preguntara si lo habías descubierto de alguna manera... –Tess suspiró profundamente como reconocimiento de su error por haber hablado más de la cuenta.

–¿Por qué no me lo dijiste cuando supiste que ibas a tener un hijo mío? –Nick no pudo disimular el tono cortante.

La pregunta flotó entre los dos cargada de censura.

–No quise decírtelo –contestó ella tajantemente.

–¿Por qué?

Ella se encogió de hombros. Evidentemente, no quería darle más explicaciones. Tess bajó la mirada y rodeó la copa con las manos, parecía como si necesitara un sorbo de brandy.

Nick frunció el ceño ante los posibles motivos mientras ella bebía de la copa.

–¿Pensaste que yo negaría que el hijo fuera mío?

Ella dejó la copa en la mesa y se concentró en echar canela a su bebida.

–Esa noche usaste preservativos –le recordó ella.

–No son completamente seguros. Además, uno se rompió. Por eso te pregunté si tomabas la píldora.

Ella levantó la mirada con un brillo de desprecio por sí misma.

–Mentí.

–¿Mentiste?

–Sí. No sabía que estuvieras preocupado porque se hubiera roto el preservativo. Si me lo hubieras dicho, podría haber tomado la píldora del día siguiente.

–Pero ¿por qué me mentiste?

–Porque no quería que supieras que hacía tanto tiempo que no estaba con nadie que tomar la píldora era innecesario –soltó ella con tono de desesperación–. Ya me habías calificado de témpano cuando no lo era. Parecía más normal si tomaba la píldora –puso los ojos en blanco–. Estoy segura de que las demás mujeres con las que has estado se ocupan de esas cosas. Sencillamente, yo no estaba preparada para estar contigo.

–¿Y por eso no quisiste decirme que habíamos tenido un hijo? –insistió él.

Esa vez, Tess levantó la barbilla con orgullo.

–Para ti fue una aventura de una noche, ¿te acuerdas? No querías que tuviera ninguna consecuencia.

–No quería que el sexo complicara nuestra relación profesional –replicó él precipitadamente al captar el tono dolorido de ella–. Tener un hijo es distinto, Tess.

–Sí, tener un hijo es lo más importante para una mujer y me rechazaste como mujer. Rechazaste la parte de mí que engendró un hijo, ¿por qué iba a compartirlo contigo?

El rechazo dolía. Él sabía muy bien cuánto dolía. El no sabía que Tess lo hubiera sentido por lo que él había intentado considerar como una experiencia sexual fantástica que había merecido la pena para los dos.

–Cuando me enteré de que estaba embarazada –siguió Tess con un tono amargo–, tú ya estabas con otra mujer, una relación que duró varios meses, y yo me aparté de tu vida en el aspecto laboral.

Él se hizo una idea muy clara. Bochornosamente clara. Había huido de comprometerse con Tess y había buscado algo que le distrajera del atractivo que eso tenía. Sólo se había preocupado por lo que él sentía y quería. Había sido tan egoísta como su madre, había elegido ser el personaje central en esa representación.

Tess debió de verlo como un personaje rastrero.

—Lo siento —se disculpó aunque incluso a él le resultó una excusa demasiado fácil.

¿Qué otra cosa podía decir?

Hizo un gesto solicitando el perdón y se dio cuenta de que había puesto a Tess en una posición sin salida. El orgullo le habría dictado que no se uniera a él, y de no ser por la carta de Brasil y de su decisión de casarse con ella para conocer a sus hermanastros, su hijo habría crecido sin padre. Lo cual demostraba que Enrique tenía razón aunque Nick no quisiera reconocerlo.

—Lo siento —repitió Nick angustiado por haberse comportado tan mal con Tess, quien le gustaba sinceramente y a quien quería conservar en su vida.

La furia de la mirada de ella se tornó en escepticismo y Nick comprendió que Tess no tenía ningún motivo para pensar que detrás de las disculpas hubiera algo de cariño. No iba a convencerla con palabras. Instintivamente, le tomó la mano izquierda con la intención de establecer algún vínculo físico con ella. El poderoso atractivo sexual entre ellos los había llevado a esa situación y Nick lo utilizó para atravesar las barreras mentales que ella había levantado contra él.

—Si yo hubiera sido tú, tampoco lo habría dicho —confesó él con una sonrisa pesarosa—. Me alegro de que me lo hayas dicho ahora.

¿Realmente se alegraba?

Tess miró la mano de Nick que sujetaba la suya, notó el calor que transmitían sus dedos e hizo todo lo posible para no dejarse llevar por el deseo sexual que le despertaba él. Tenía que centrarse en los asuntos capitales que habían surgido entre ellos y no distraerse con sentimientos confusos.

Nick le había propuesto matrimonio para tener un hijo y para él había sido una autentica conmoción enterarse de que ya tenía uno, pero también parecía aceptar la paternidad sin el rechazo que ella había previsto. Incluso le había concedido que ella había tenido motivos para no decírselo. Era una reacción increíblemente positiva por parte de él y para ella era muy desconcertante porque era la contraria a la que él adoptaba en las relaciones en general. Aun así, era congruente con el motivo para pedirle matrimonio, tener un hijo, y la sutil y seductora presión que ella notaba en la mano izquierda indicaba que él seguía persiguiendo ese fin.

–¿Dónde está... nuestro hijo? –preguntó Nick con un tono emocionado.

¿Le afectaba tanto tener un hijo o sólo quería cumplir sus objetivo por los medios que fueran?

–¿Está en tu suite de este hotel? –insistió él al no recibir respuesta de Tess.

–No –Tess respondió con cautela al no saber las intenciones de Nick–. Lo he dejado en casa al cuidado de una enfermera.

–¿Una enfermera? –preguntó él asustado.

–Una enfermera especializada en ayudar a madres primerizas –le explicó ella–. Yo la necesitaba más que Zack. Él está muy bien.

Tess pensó que todo el mundo quería tener un hijo sano, pero también se preguntó cómo habría reaccionado Nick, como padre, si Zack hubiera estado enfer-

mo. Él estaba acostumbrado a que todo se desarrolla-
ra según sus deseos. Todo lo que no se adaptaba a
eso, se borraba del mapa.

–Zack, lo has llamado Zack. ¿Es un diminutivo de
Zachary?

–No, es sólo Zack –ella lo miró con ojos desafian-
tes ante una posible crítica–. Me gusta.

–Zack Ramirez... No está mal. No admite muchos
diminutivos en el colegio. Es un nombre que un niño
puede llevar fácilmente.

Esa suposición tan arrogante indignó a Tess.

–Se llama Zack Steele, no Ramirez.

Nick notó un arrebato casi incontrolable ante ese
reto.

–Soy su padre, Tess.

–Tendrás que convencerme de que sabes ser un
padre, Nick.

–Entonces, empecemos en este momento. Te lle-
varé a tu casa y me lo presentarás.

–¿Quieres conocerlo esta noche?

–¿Hay algún motivo para que no lo haga?

Ella no estaba preparada. Eso no era lo que había
previsto al salir esa noche con él. Él no sólo estaba
actuando de una forma desconcertante, sino que quería meterse en la vida privada de ella, aunque le había dado un motivo innegable para hacerlo.

Quizá sólo lo hiciera por curiosidad y esa curiosidad podía satisfacerla fácilmente. Seguramente,
lo mejor era que Nick fuera a visitarlo y así poder
verlo en acción. Había que hacer frente al problema
de credibilidad que Nick le había planteado esa noche.

–Tess... –le apremió Nick ante su aparente indeci-
sión.

–De acuerdo. Seguramente, Zack estará dormido

y yo preferiría no molestarlo, pero si verlo te satisface...

–Lo que sea mejor para él –le interrumpió Nick.

Nick se había levantado y había levantado a Tess sin tener en cuenta que la copa de ella estaba medio llena y la tarta de chocolate casi entera. La agarró del brazo y Tess se vio arrastrada por una fuerza incontenible.

Como siempre, el cuerpo de ella la abochornó al reaccionar con un deseo sexual que ella sabía que Nick no compartía. Quizá hubiera sido un arma que él hubiera empleado al principio de la velada para imponerse, pero ya la había abandonado. Zack había acaparado toda su atención.

Empezaron a bajar la escalera que llevaba al vestíbulo. Mucha gente los miró; las mujeres se centraban en Nick y los hombres en ella. Era evidente, ese vestido estaba pensado para alterar a los hombres. Ella quería estar a la altura de las otras mujeres de Nick. Él había reaccionado y ella había conseguido ser un objeto sexual. Aunque eso no era exactamente lo que ella quería ni lo que él quería. En ese caso, el vestido no había servido para nada...

Por algún motivo, Nick había decidido que quería tener un hijo y la había elegido a ella para tenerlo. Era una elección pragmática porque ella no tenía ambiciones de dinero, era joven y entendía cómo funcionaba la vida de él. Lo más paradójico era que, si él le hubiera hecho esa proposición hacía un año, ella se habría sentido feliz y no tan espantosamente mal.

Llegaba once meses tarde. Once meses de desolación. Nick había arrasado sus defensas, le había arrebatado el don más preciado que tenía, le había demostrado fuera de toda duda que para él no valía nada y ella lo había odiado por eso, lo había odiado porque ella lo había amado y él no se había preocupado siquiera en reconocer lo que ella estaba ofreciéndole. Esos once meses la habían dejado sin ilusiones acerca de lo que podía esperar de un matrimonio con él. Nick seguramente le ofrecería respeto y amabilidad, como había hecho en su relación profesional, además del dudoso placer de su compañía diaria. Él había conseguido que el sexo fuera un placer para ella, pero Tess sabía que no podía mezclar el amor cuando hicieran el amor. No existía. Él ya la había engañado una vez y no volvería a hacerlo.

Aunque sabía lo que podía esperar de Nick y no esperaba cambiarlo, quizá casarse con él no fuera una mala idea. Podría tener ventajas, sobre todo para Zack.

Su hijo tendría unos padres casados. A Zack no le importaría cómo se había fraguado ese matrimonio. Sólo sabría que los había tenido juntos.

Siempre que Nick se convirtiera en un buen padre para él. ¿Sería capaz de amar incondicionalmente? Tess no creía que una mujer fuera a conseguirlo, pero quizá un hijo inocente pudiera, un hijo a quien él pudiera proteger de las lecciones amargas de la vida. ¿Acaso Nick se habría decidido repentinamente por la paternidad para moldear un mundo distinto para su hijo?

Habían llegado al mostrador del conserje y Nick había pedido que le llevaran el coche a la puerta del hotel. Tess se acordó de la suite que tenía reservada; sabía que esa noche no volvería. La camarera de la suite podría hacer el equipaje y mandárselo a su casa al día siguiente. Aquello no le importaba. Esa noche sólo había una cosa importante: Zack y la reacción de Nick hacia él.

Si él no sentía un lazo con su hijo, tampoco merecería la pena plantearse el matrimonio. Se olvidaría de la atracción sexual; se olvidaría de la fantasía de amarse por el resto de sus vidas; se olvidaría del príncipe atroz que se convertía en un príncipe azul. Era así de sencillo y Tess se lo grabó en la cabeza. Sabía que tenía que aferrarse al sentido común si no quería sufrir mucho por esperar demasiado de Nick Ramirez. Se trataba de que Zack tuviera un padre. Su verdadero padre.

–Ahí está –susurró Nick en referencia al Lamborghini plateado.

Tess se puso tensa. Un coche veloz... un hombre veloz... una vida veloz... debería de haberse vuelto loca para haber llegado a pensar que era posible llevar una vida familiar con Nick Ramirez. Además, estaba permitiéndole entrar en su vida, en su casa, en su corazón... Tess no se había dado cuenta de que estaba agarrando el brazo de Nick con todas sus fuerzas. Él le acarició tranquilizadoramente la mano.

–Te prometo que todo saldrá bien, Tess –aseguró él con un tono de firmeza.

Ella tomó aliento. En cualquier caso, ya no se podía echar atrás. Nick no iba a olvidarse de que tenía un hijo. Ella lo miró desafiantemente a los ojos, verdes como los de su hijo.

–Zack se parece a ti, pero no quiero que sea como tú, Nick. Espero que puedas olvidarte de muchas cosas antes de que esta noche entres en su vida.

Él apretó la mandíbula ante la atormentadora realidad de ser un hombre dividido entre el Nick superficial y el Nick profundo. Suspiró para calmarse y sonrió levemente.

–Allá vamos, mundo nuevo...

El portero había abierto la puerta del pasajero del Lamborghini, Nick la ayudó a sentarse y él se puso al volante del vehículo que los llevaría hasta el corazón de ese nuevo mundo: un bebé de nueve semanas que seguramente estaría dormido y que no sabía que era el punto de apoyo con el que sus padres iban a construir un futuro muy distinto al que los dos habían previsto.

Capítulo 6

NICK tuvo que contenerse para no traspasar el límite de velocidad. La potencia del Lamborghini le pedía a gritos que apretara el acelerador para tragarse los kilómetros que los separaban de la casa de Tess en Randwick. Su hijo estaba esperándolo.

Sin embargo, la velocidad no era parte de del mundo feliz de la paternidad. Como tampoco lo era el Lamborghini. Los días de soltería desenfrenada eran cosa del pasado. Tess tenía razón, tenía que olvidarse de muchas cosas. Ella le había dicho que Zack se parecía a él, pero que no quería que fuera como él y eso le recordaba su situación con su padre. Se parecía a Enrique pero no quería ser como él.

Era el momento de dar el cambio, de demostrarse y de demostrar a Tess que podía ser parte de una familia y, también, ser un buen marido. Sabía que no podía desaprovechar esa oportunidad o perdería el reto con Enrique y, sobre todo, su propia estima como persona.

Tess lo había mantenido al margen de su embarazo, del nacimiento y de los primeros meses de vida de Zack. Ni siquiera sabía...

—¿Ha nacido en Los Ángeles? —le preguntó súbitamente a Tess.

Nick oyó que ella tomaba aire y agarró el volante

con todas sus fuerzas mientras se recordaba que no podía censurar ninguna de las decisiones que ella hubiera tomado y que sus preguntas tenían que estar llenas de cariño e interés.

–No. Nació aquí, en Sidney; en un hospital privado de Mona Vale –Tess suspiró–. No fui a Los Ángeles, Nick. Mi madre no me necesita en absoluto. Sobro en la vida de Livvy. Como sobraba en tu vida. Aproveché lo de Los Ángeles para que hubiera suficiente distancia entre nosotros como para no vernos ni pensar el uno en el otro.

Él pudo captar el dolor que su rechazo le había producido.

–He pensado en ti desde que nos conocimos, Tess –afirmó él– y cuanto más nos hemos conocido, más he pensado en ti.

Nick notó que ella lo miraba penetrantemente, como si quisiera adivinar si podía creerlo.

–No me ha gustado tratar con tu ayudante durante estos seis meses –siguió él decidido a que ella cambiara su opinión sobre él–. Te he echado de menos. He echado de menos tu forma de entender lo que yo estaba haciendo. He echado de menos la fogosidad que me transmitías. He echado de menos...

–¿La fogosidad?

Nick sonrió.

–La batalla sexual que acompañaba a cada palabra que nos dirigíamos.

–Hablábamos de trabajo –replicó ella sin salir de su asombro.

–Vamos... Era una relación sexual sin sexo; nos esquivábamos, nos atacábamos de todas las maneras, buscábamos cualquier impacto certero que pudiéramos conseguir, era la alegría de coincidir y de marcarnos el uno al otro...

Ella levantó las manos con un gesto de protesta.

—Era una relación platónica.

—Eso no existe entre un hombre y una mujer cuando hay química entre ellos.

—Eso es lo que tú te empeñaste que teníamos después de que...

—¿De que todo llegara demasiado lejos y se nos fuera de las manos?

—¿Se nos fuera de las manos?

—Después de aquella noche ya no íbamos a divertirnos, ¿verdad? Fue demasiado lejos y demasiado deprisa y pareció demasiado serio.

—¿Una relación sexual tiene que ser divertida para ti? —le preguntó ella con enojo.

—Cuando una relación sexual se pone seria, todo empieza a estropearse, empiezan los celos, la dominación, las discusiones... Las personas se convierten en estúpidos rehenes de sus hormonas. Me pareció que era mejor no llegar a eso.

—Porque el sexo pareció... demasiado serio...

Él podía percibir cómo ella daba vueltas a lo que él estaba diciendo, cómo empezaba a sentirse menos rebajada sexualmente.

—Valoraba demasiado lo que teníamos como para arriesgarlo por una pasión desenfrenada —insistió él—. Quería conservarte en mi vida sin la desesperación de sentir que te pertenecía.

Ella dejó escapar una risa nerviosa.

—Será mejor que te acostumbres a pertenecer a alguien... si quieres ser padre...

Para Tess, el distanciamiento sexual seguía en pie. Esa noche no se trataba de pasarlo bien, se trataba de ver cómo respondía él a su hijo. La verdad innegable era que estaba juzgándolo. Nick se sintió analizado con microscopio desde que entró en la casa estilo colonial que ella utilizaba como oficina y vivienda.

–Le presento a Nick Ramirez, el padre de Zack –explicó Tess a la enfermera que los recibió en la puerta.

La mirada de la enfermera dejó muy claro que había captado que era el padre que había estado ausente desde el nacimiento del niño. Los acompañó hasta el cuarto de Zack y contestó todas las preguntas de Tess. Todavía ni se había despertado para su cena. Los dejó en la puerta de la habitación y se retiró de lo que tenía que ser un acontecimiento privado. Tess, con una mirada escrutadora, lo acompañó dentro. La iluminación era tenue y había una cuna de caña blanca con móviles encima. Todo el cuerpo de Nick notó la tensión al mirar hacia donde estaba el hijo que había gestado con Tess. Sintió la incertidumbre sobre si podría superar esa prueba de paternidad. ¿Estaría preparado para ceder el control de su vida a otro ser? ¿Podría entregarse?

Hizo un esfuerzo por avanzar. Se dijo que ya era tarde para examinarse a sí mismo. Además, ya no podía tomar ninguna decisión. El niño que dormía en la cuna era suyo y estaba unido a él irreversiblemente.

El torbellino que abrumaba a Nick desapareció milagrosamente cuando alcanzó la cuna y su mirada se clavó en el niño.

–Es diminuto... –comentó él con incredulidad y asombro.

–La verdad es que Zack es grande para el tiempo que tiene –le corrigió Tess.

Nick sacudió la cabeza. El bebé estaba envuelto en una toquilla. Sólo le veía la cara, que era muy proporcionada.

Tenía mucho pelo moreno con grandes rizos, un rasgo algo femenino, como lo eran las tupidas pestañas, pero lo fundamental era tener un carácter adecuado para evitar cualquier broma sobre ese asunto. Nick pensó que él podría enseñárselo. No sería un niño mono durante mucho tiempo.

El ligero hoyuelo que tenía en la barbilla fue como un imán que atrajo el dedo de Nick para acariciar esa impronta genética que compartían los dos. Nick no pudo evitar acariciar toda la mandíbula y sonreír cuando su hijo emitió un leve suspiro.

Nick le explicó mentalmente que él era su padre. Fue como el pistoletazo de salida. Zack empezó a dar patadas y puñetazos para librarse de las ataduras. Las delicadas cejas se fruncieron casi como las de un adulto y su boquita dio dos bocanadas para tomar aire. Luego, soltó un grito que demostró que sus pulmones estaban en plena forma.

–Yo no le he hecho nada... –Nick se volvió asustado hacia Tess.

–Es su estómago –le explicó ella con una sonrisa–. Le toca cenar. ¿Te gustaría tomarlo en brazos para tranquilizarlo mientras caliento el biberón?

–Tomarlo en brazos... –susurró Nick mientras lo agarraba deseoso de tener un contacto más cercano.

–Sujétale la cabeza, Nick –le indicó Tess–. Todavía no tiene fuerzas para sostenerla solo.

–Entendido.

Los gritos cesaron en el momento en el que el niño se sintió en el aire. Nick lo apoyó contra el pecho con la cabeza en el hueco del brazo. Zack estaba completamente despierto y miraba a Nick con unos ojos rebosantes de perspicacia, unos ojos verdes que parecían preguntarse qué era un padre y si quería estar con él.

–Sí –le susurró Nick–, puedes confiar en mí.

–¿Qué? –le preguntó Tess que estaba metiendo el biberón en un microondas.

Esa voz acabó con la tranquilidad. El niño conocía mejor la voz de su madre y volvió a reclamarla a gritos. Era evidente que tenía que ganarse la confianza de su hijo.

–Me sacas ventaja en lo de calmarlo, Tess –se excusó él al no conseguir tranquilizarlo.

–Le cambiaré el pañal mientras se calienta el biberón –comentó ella animadamente mientras se acercaba y lo tomaba en brazos.

Nick la siguió para ver a su hijo libre de todas las ropas que lo cubrían. Además, quería aprender a cambiar los pañales y que no lo acusaran de ser un inútil. Sintió la necesidad de sentirse un padre activo que se ganara la confianza de su hijo. Evidentemente, no bastaba con estar cerca. Los vínculos se conseguían participando en su vida.

Zack, una vez en el cambiador, se deshizo de las ropas que lo oprimían con poca ayuda de Tess. Sus piernas y brazos se movieron con frenesí y su cara expresaba claramente la decisión de liberarse. Sin embargo, se quedó muy quieto cuando ella le quitó el pañal, una operación sencilla.

Antes de que Nick pudiera fijarse bien en la virilidad de su hijo, Tess lo cubrió con una toalla.

–¿Por qué tanto pudor? Me parece que a Zack le gusta estar desnudo.

–Sí, pero lo primero que hace cuando está desnudo es soltar un buen chorro de pis, y estamos en su radio de alcance...

Mientras ella hablaba, la toalla empezó a empaparse y Nick sonrió ante la cara de placer de su hijo.

–Las madres se las saben todas –le dijo Nick.

Notó que un par de ojos verdes le enviaban una señal de entendimiento entre hombres.

–Ahora puedes mirarlo –le propuso Tess con cierta sequedad mientras le quitaba la toalla absorbente–. Yo no estoy facultada para comentar el tamaño de sus partes íntimas, pero el pediatra dijo que parecía un toro y me dio la sensación de que nuestro hijo no tiene que temer por parecer viril.

Evidentemente, lo del toro era una exageración, pero Nick se quedó satisfecho al comprobar que esa zona no tenía ningún problema.

–No hay nada peor para un hombre que sentirse poco viril –le explicó él.

Tess lo miró con unos ojos burlones y puso un pañal limpio a Zack.

–No creo que sea algo que tú hayas sentido...

–El tamaño no preocupa sólo a los hombres, Tess.

–Estoy segura de que todas las mujeres que has conocido se han quedado muy satisfechas, Nick. Sin embargo, no quiero que Zack crea que tiene que probar a cada mujer que se le cruce por el camino sólo porque está bien dotado.

–Yo no he probado a cada mujer que se me ha cruzado por el camino –se quejó Nick–. Espero que no vayas a llenar a Zack de inhibiciones...

Tess terminó de ponerle el pañal y lo levantó para apoyarlo en su hombro.

–Supongo que tendrás que quedarte cerca para cerciorarte de que no lo hago –replicó ella con los pómulos sonrojados mientras iba hacia el microondas.

Otro reto. Nick comprendió claramente que, si quería participar en las decisiones que moldearían la vida de su hijo, no se trataba de estar casados, sino de permanecer casados. Ella no tenía que casarse con él, había demostrado que él era prescindible. Él tendría que cambiar y hacerse necesario para ella.

Tess se sentó en una mecedora con Zack pegado al biberón.

—Me sorprende que no le des el pecho, creía que la leche materna era mejor... —comentó él con cierta censura.

—No puedo darle el pecho. Hubo ciertas complicaciones —explicó ella con una mueca.

Él frunció el ceño. Tess tenía unos pechos magníficos. No podía creerse que no sirvieran para su función principal. Nick sabía que su madre decía que darle el pecho a los niños era propio de campesinas que querían parecer vacas y que por eso la aristocracia empleaba nodrizas. ¿Estaría mintiéndole Tess y buscándose una excusa para que no se le estropearan los pechos?

—¿Qué complicaciones? —le preguntó Nick.

—No querrás saber todos lo detalles truculentos...

Nick se vio dominado por todo tipo de temores.

—Sí quiero.

Ella lo miró con los ojos entrecerrados por la insistencia.

—Zack nació completamente sano.

Él pensó en la otra parte de la ecuación.

—Entonces, ¿tú padeciste algo?

—Fue un bebé grande. Yo quería un parto natural, pero él se quedó atorado y yo no quise que lo sacaran con ningún instrumento y por eso me sometí a una cesárea. En cualquier caso, Zack nació perfectamente, pero yo tuve una infección por la operación y tuvieron que darme antibióticos...

–Estuviste demasiado enferma como para darle el pecho.

–Durante un tiempo, estuve demasiado enferma como para hacer cualquier cosa.

De ahí que tuviera una enfermera especializada en el cuidado de niños.

–Yo debería haber estado allí. No deberías haber pasado por todo eso sola.

–No estaba sola.

–No dudo que el personal del hospital privado fuera competente, pero...

–Mi padre estaba conmigo.

–No... –lo soltó como una queja violenta–. ¿Pusiste a tu padre en mi lugar? ¿Permitiste que mi hijo naciera como un bastardo, como yo, y que Brian Steele lo presenciara todo? –no podía contener la furia–. Cómo debes de juzgar mi forma de vida para avergonzarme de esa manera, para elegir al hombre que me puso en la calle porque yo no era sangre de su sangre, para elegirlo a tu lado cuando estaba naciendo mi hijo... mi hijo...

–Él es mi padre –replicó ella con ira–. La única persona con la que pude contar para apoyarme cuando lo necesitaba.

–¡No me lo pediste! ¡No me lo dijiste! ¡No me diste la oportunidad de estar contigo! ¡De estar con los dos!

El tono de las voces sacó a Zack de su ensimismamiento con el biberón y empezó a gritar por la crispación que notó en el ambiente.

Tess volvió a llevárselo al hombro para acariciarlo y miró suplicantemente a Nick.

–¿Podemos dejarlo hasta que vuelva a acostarlo?

Nick hizo un esfuerzo sobrehumano para contener la afrenta que había sentido. Tuvo que sacar fuerzas de flaqueza para asentir con la cabeza y dejar de mirar cómo ella tenía a su hijo como si él no contara nada en sus vidas.

¡Él iba a contar! Iba a ser la pareja de Tess para criar a Zack e iba a ser el padre de Zack. Todo eso empezaría a ocurrir esa misma noche.

Capítulo 7

TESS no podía sosegar los latidos de su corazón. Se sentía como si estuviera enjaulada con un animal salvaje que merodeaba a su alrededor a la espera del momento adecuado para atacarla si causar daños a terceros. Ella estaba a salvo mientras tuviera a Zack en brazos, pero en cuanto lo dejara en la cuna, Nick volvería al ataque para dar rienda suelta a todos los sentimientos que había estado conteniendo desde que había roto la copa en el hotel. Esa furia apasionada de Nick no encajaba con el hombre delicado y sofisticado que había conocido, el hombre que no permitía que nada lo afectara. No había nada de civilizado en la profundidad del cariño que había brotado de él. Esa situación no le parecía nada divertida. Lo atenazaba por todos los lados y la innegable realidad de que ella fuera hija de Brian Steele no era irrelevante.

El pasado no había quedado en el pasado. Nacer... casarse... todo eran ciclos de la vida que giraban para volver a acontecimientos previos que condicionaban el futuro, que activaban conexiones que no habían desaparecido aunque se hubieran rehuido. Era imposible cerrar esa conexiones y fingir que no existían, que no tenía ningún peso. El pasado de Nick había sido doloroso y, si bien Tess lo conocía, eso no hacía que fuera más fácil afrontarlo.

Zack eructó ligeramente en el hombro de ella y Tess lo llevó al cambiador para volver a vestirlo. Notaba la presencia de Nick que observaba cada uno de sus movimientos y que no apartó la vista de Zack hasta que estuvo en la cuna.

Tess notó que tenía erizado cada pelo de su cuerpo por la tensión mientras acompañaba a Nick fuera de la habitación de Zack y subían a sus habitaciones.

–Hay controles electrónicos para que tanto la enfermera como yo podamos oír a Zack en cualquier sitio de la casa –le explicó ella mientras con un tono despreocupado mientras cerraba la puerta.

–Estoy seguro de que te has ocupado de darle toda la seguridad posible.

La cortante réplica hizo que ella sintiera una opresión en el pecho. El resentimiento de Nick por sentirse marginado de todo estaba abriéndose paso. Lo observó mientras él se familiarizaba con su zona privada e, incluso, abría la puerta del dormitorio.

–Será mejor que empecemos a buscar una casa para la familia, Tess –la miró con una firmeza implacable.

Ella notó que las rodillas le flaqueaban. Al parecer, Nick estaba dispuesto a arrastrarla al matrimonio e iba a pasar por encima de cualquier objeción que ella pudiera poner incluso antes de que la planteara.

–Mi padre no sabía que tú eras el padre de mi hijo. No se lo he dicho. Estaba a mi lado en el hospital porque yo quería que alguien me acompañara por si algo... salía mal.

Nick tomó aire y Tess sintió la necesidad apremiante de explicarlo todo antes de que hubiera un malentendido.

–Tampoco iba a decírtelo a ti. Anoche quedé contigo porque mi padre me hizo comprender que al final sería un error ocultarle a Zack tu identidad. Me recordó que tu madre te hizo eso, Nick, que tu madre te hizo mucho daño al ocultarte la identidad de tu padre. Si no llega a ser por este consejo tan esclarecedor, yo podría haberte ocultado a tu hijo.

–No. Yo te habría buscado –Nick se acercó a ella con aire de confianza–. Ya estaba buscándote.

Tess se quedó sin aliento al notar que él le rodeaba la cintura con las manos y la atraía hacia sí. Ella, que había levantado las manos en un gesto para que la comprendiera, las apoyó en los hombros de él.

–Y nada me habría detenido –siguió Nick mientras le acariciaba la mejilla mirándola a los ojos–. Siento que hayamos llegado a esta situación de esta forma, pero hemos llegado y eres la mujer con la que quiero estar.

Él le había pedido matrimonio antes de saber que Zack existía, por lo que era la mujer que había elegido. Además, él había conocido a muchas mujeres muy hermosas, por lo que, seguramente, debería sentirse halagada por haber sido la elegida, y no dominada por los temores a que la engañara y manipulara.

Nick pareció leer sus pensamientos.

–En estos momentos, estoy recuperando todos los meses que nos han separado... –acercó los labios a los de ella– del malentendido que te alejó de mí. Nunca dejé de desearte, Tess...

La besó. La besó de una forma arrebatadora, empezó con una delicadeza muy firme que pasó a ser seductora y convincente y terminó en una voracidad apasionada. Ella no se resistió al empuje de su deseo. Quería sentirlo para dejarse arrastrar por él, quería dejarse llevar por la sensación de que Nick Ramirez era suyo, suyo para tenerlo y disfrutarlo hasta... No, no pensaría más allá de ese momento.

Toda ella se estremecía de placer por la pasión que él transmitía. ¿Por qué no iba a disfrutar del sueño de que él la amara como para elevarla a ese grado de excitación?

Él se separó para tomar aire. La estrechaba con tanta fuerza que sus pechos se movieron a la par que el pecho de él. Era como ir sobre una ola, como si una fuerza de la naturaleza la arrastrara sin que ella tuviera que decidir nada.

–Me pierdes, Tess. Si fuera un marino de la antigüedad, nunca me resistiría a tu canto de sirena ni llegaría a ninguna parte.

Sin embargo, había llegado a alguna parte; a otra mujer.

Tess notó un irresistible arrebato de afán de posesión, lo agarró de la cabeza y lo apartó un poco más para mirarlo a los ojos.

–Si das el paso de casarte conmigo, te quedarás conmigo, Nick. Si te descarrías, no intentes volver nunca.

–La posesión –murmuró él con un gesto burlón y unos ojos diabólicos–. Entendido, Tess, pero en justa correspondencia, tú también me pertenecerás –le pasó los dedos por el pelo–. Sueño con ver esta melena sobre el satén negro de mis almohadas siempre que quiera.

Él se refería a tenerla desnuda, lo cual despertó en ella todas sus inseguridades físicas. Él había estado desnudo con mujeres bronceadas de cuerpos esculturales. Se puso a la defensiva e intentó apaciguar tanto ardor.

–¡Mala suerte! Mi cama está cubierta de algodón marrón, si es que estabas pensando en usarla esta noche.

–Ésta es mi Tess –Nick se rió–, pero eso no resta interés –la tomó en brazos con la misma facilidad que había tomado a Zack–. Vamos a probarlo. El negro puede ser un poco excesivo. El marrón será un contraste más cálido, sobre todo con el resplandor nacarado de tu piel.

Resplandor nacarado... Él había estado con tantas mujeres bronceadas, que ella se había imaginado que la consideraría paliducha, pero lo de «resplandor nacarado» le parecía atractivo. Además, su cuerpo no estaba mal. Sencillamente, él había hecho que se sintiera poco para él porque se había ido con otra después de pasar una noche con ella.

Necesitaba que él borrara de su cabeza la desdicha de ese rechazo; necesitaba que él la hiciera sentirse tan deseable que ninguna otra mujer pudiera tentarlo para ser infiel.

Eso seguramente era llevar el sueño demasiado lejos, pero le había dado alas a la esperanza y ella no podía contenerla. El corazón le latía con la fuerza de un tambor que anunciaba la entrada en un mundo feliz con Nick.

Él la dejó al lado de la cama. La colcha era de seda con cuadros marrones oscuros y grises. Estos colores se repetían en el montón de almohadones.

–Muy sensual, seductor y suntuoso –comentó Nick–, como tú, Tess.

–El algodón está debajo.

Tess quiso cortarse la lengua. ¿Por qué no podía aceptar un halago? ¿A qué se resistía?

La respuesta se le presentó como un destello. Era la superficie. Ella detestaba ese tipo de superficie, todas esa mujeres resplandecientes que Nick había preferido a ella, como su madre, la Miss Universo, las mujeres de seda y satén con sus adornos dorados que coleccionaban símbolos de posición social, entre otros a Nick, el insuperable latin lover.

Ella se había resistido a eso desde que conoció a Nick y no podía evitarlo ni cuando ya lo tenía. Era tonta por despreciar lo que, evidentemente, había atraído la atención de él.

—Ya sé que hay algodón, pero también es como tú: práctico, útil, duradero, cómodo y fácil para convivir con él.

Nick quitó la colcha como si revelara los dos aspectos de ella.

—¡Qué bien! Eso me pone a la altura de un par de viejos calzoncillos.

—No, nada está a tu altura —Nick apartó la mano de su pelo y le pasó un dedo por los labios con un destello burlón en los ojos—. No tienes por qué repetirme que eres distinta a las demás mujeres que han pasado por mi vida. Lo oigo, lo veo, lo noto, lo huelo y lo paladeo. Todos mis sentidos me lo dicen constantemente. El único problema era... que no encajabas en mi situación. Acabaremos inevitablemente entre algodón, pero no me prives del placer que hay en la suntuosa sexualidad que encarnas esta noche.

Un placer perverso. Un placer ideado para impresionarlo y para que ella gozara secretamente con la emoción de saber que lo había impresionado. Era la batalla de los sexos, una parte más de la estrategia. Nick lo sabía, pero no le importaba porque había placer para los dos; placer en la sensualidad de la mirada de él mientras acariciaba los rizos rojizos con reflejos dorados, mientras le acariciaba la nuca y muy lentamente le bajaba los tirantes del vestido y la abrazaba excitado al pensar en caricias más íntimas.

Nick sabía besar; sabía acariciar. El recuerdo de la noche que habían estado juntos hacía que ella se estremeciera. Tess cerró los ojos y él miró la curva de sus pechos. Los acarició con la punta de los dedos y apartó la sedosa tela para acercarse cada vez más a los pezones.

–Me alegro de que Zack no sepa lo que está perdiéndose o se pondría furioso cada vez que le das el biberón –susurró Nick mientras le tomaba un pecho con la mano y le acariciaba el terso pezón con el pulgar–. Estás hecha para tener hijos, Tess, para un hombre no hay nada más sexy que unos pechos rebosantes y delicados...

Se inclinó para besarlos y succionarlos suavemente. Ella notó que se le contraía cada músculo del cuerpo. Nick encontró la cremallera en la espalda del vestido, la bajó y el peso de las lentejuelas hizo que todo él cayera y quedara hecho un bulto a los pies de ella. Sólo unas bragas de encaje malva evitaban que ella estuviera completamente desnuda.

Él, en cambio, seguía completamente vestido.

–Mírate...

Nick se apartó un poco agarrándola de las caderas, cerca de la cinturilla de las bragas, para que ella se diera perfecta cuenta de cuál sería el siguiente movimiento de sus pulgares.

–Prefiero mirarte a ti –farfulló ella.

Tess se sentía ardiendo por su casi completa desnudez, por su entrega a la pericia de Nick para despertar su excitación sexual.

–Pero tú eres más exótica y erótica. Fuego y hielo con los pendientes de diamantes que destellan contra tu pelo y el collar que descansa ahí... –la miró a los pechos–. Por no decir nada... –le bajó las bragas y desveló la intimidad más profunda de ella– de los muslos blancos como la nieve separados por una flecha de pelo llameante.

Ella perdió el sentido al verse completamente expuesta y desnuda. Sus palabras deberían haber disipado la sensación de que él pudiera preferir a otra mujer, pero por algún motivo despertaron en ella las atormentadoras comparaciones.

—Yo habría pensado que serías más aficionado a la depilación total —soltó Tess.

Él negó con la cabeza.

—No, eso le quitaría misterio a esa zona. Tú, Tess... —Nick la tomó en brazos y la dejó en la cama antes de poner una rodilla entre las piernas de ella—. Tú... —susurró con los ojos radiantes de satisfacción al ver la melena de ella sobre los almohadones marrones—. Tú eres la personificación del erotismo visual.

Fuera verdad o no, Tess se obligó a dejar de pensar en ello. Podía concentrarse en él. Nick estaba quitándose la chaqueta. También se quitó la pajarita, se abrió los botones de la inmaculada camisa y se guardó los gemelos en un bolsillo del pantalón. Ella se quedó literalmente sin aliento cuando él se quitó la camisa. Nick Ramírez tenía la musculatura exacta donde un hombre tenía que tenerla y unas proporciones perfectas, pero lo más asombroso era su piel satinada con un brillo oscuro y una especie de vitalidad animal que era hipnotizadora.

Él seguía quitándose el resto de la ropa y ella quería tocarlo y saborearlo. Ella sabía que no podía haber una mujer en el mundo que no quisiera tenerlo así, a su disposición, y que no quisiera exactamente lo mismo que ella.

Esa noche, Nick estaba ofreciéndose a ella.

Tess alargó los brazos para deleitarse con la calidez sedosa de Nick, para sentir cómo avivaba el deseo que ya le recorría las venas, para excitarla al saber que debajo de esa piel satinada él bullía de excitación.

Se sintió abrumada por el enardecimiento al acariciarlo más íntimamente, más provocativamente, al desencadenar el deseo hacia ella, al querer elevarlo a donde sólo pudiera verla a ella, oírla a ella, conocerla a ella.

Nick dejó escapar un bufido cuando se levantó para quitarse la última prenda. Sus ojos eran como dos rayos verdes que recorrían todo el cuerpo de Tess, que hacían que el pulso se le desbocara ante lo que se avecinaba.

Era magnífico, terso, moreno y de una virilidad irresistible. A ella le intimidó la espantosa sensación de querer retenerlo para sí. El anhelo de poseerlo le atenazó las entrañas. Dejó escapar un grito incontrolado cuando él descendió sobre ella con toda su potencia, cuando el contacto de los dos cuerpos la llevó a arquearse hacia él y a rodearlo procazmente con las piernas y los brazos para que saciara el ansia que la consumía. Lo hizo como si quisiera adueñarse de todo su ser. Fue un emparejamiento primitivo que los arrastraba hacia el límite.

La miraba con un brillo de desafío dominante. Estaba decidido a mantener un ritmo constante hasta que ella lo rompiera por la proximidad del clímax. La tensión del rostro y los labios apretados indicaban cuánto estaba costándole, pero, para Nick, eso no tenía precio si se trataba de ganar. Sobre todo, a una mujer.

Para Tess era una competición de principios. Tenía que poner a prueba sus límites. Quería que, por una vez, la arrogante confianza en su pericia sexual sufriera un revés. Disfrutaba con la sensación de mantenerse al borde del orgasmo, de contenerse todo lo que pudiera, de contraer los músculos más íntimos para que se rindiera antes que ella, de aguantar para que él no pudiera pensar en nadie ni nada más. Quería que fuera suyo, completamente suyo.

Sin embargo, Tess, a pesar de la concentración, perdió la batalla y sus músculos palpitaron convulsivamente alrededor de la poderosa virilidad de Nick en una oleada de placer que la elevó al éxtasis.

Luego, oyó el alarido de él, un alarido como el de un vencedor que se había entregado plenamente a esa victoria, pero ella no se sintió derrotada al sentir los espasmos de él. Sintió una fusión absoluta, una satisfacción más profunda y correspondida que la que nadie había podido sentir jamás.

Tess se aferró a esa sensación mientras la intensidad de la vivencia daba paso a la languidez. Nick le rodeaba los hombros con el brazo y ella tenía la cabeza sobre su pecho con las respiraciones acompasadas.

—He oído decir que el secreto para que un matrimonio funcione bien es practicar mucho sexo —susurró Nick.

Otros habrían dicho que era amarse, pensó Tess. ¿Hacer el amor constantemente conseguiría que Nick estuviera contento con su compromiso?

Ella todavía no había aceptado el matrimonio, pero la tentación de ceder y aceptar lo que él le ofrecía, aunque sólo fuera el placer que ningún otro hombre le había dado, era muy fuerte.

—No me imagino como una mujer con dolores de cabeza —replicó ella .

Nick la puso de espaldas como si dominara la situación.

—¿No te importa la entrega para siempre, Tess? —le preguntó Nick con un brillo de satisfacción en los ojos por el dominio que ejercía.

—Eso es aplicable para los dos, Nick —le recordó ella que no quería ceder nada.

–Muy bien. Siempre que estés preparada. El deseo es un arma muy poderosa y a las mujeres les gusta probarlo, pero no lo despiertes si no estas dispuesta a satisfacerlo.

Tess nunca se había planteado la posibilidad de ejercer algún poder sexual sobre él. Le asombró que Nick pensara que lo tenía.

–Provócame y lo tomaré como una invitación –siguió él con un tono implacable–. Si intentas utilizar el sexo, me largaré.

Tess se apuntó mentalmente esa norma: nada de utilizar el sexo. Sin embargo, ella siempre había pensado que eso era precisamente lo que Nick hacía, vendía todo mediante el sexo.

–¿Entendido, Tess? –repitió él.

Ella entendió que eso era un requisito fundamental para poder mantener una relación entre los dos.

–Sí.

Él le soltó la mano y le pasó la punta de los dedos por los labios.

–El sexo es un arma de doble filo –susurró Nick.

Se inclinó y la besó. A Tess no le importó que él siempre tuviera poder sexual sobre ella. Siempre que fuera ella deseable para él. La única mujer que él deseara.

Quizá fuera un sueño, un sueño disparatado que no duraría, pero Tess quería aferrarse a él todo el tiempo posible.

Capítulo 8

DESDE que Zack los despertó a la mañana siguiente, Nick empezó a dar por supuesto que Tess se casaría con él, sin pensar si ya habían decidido ese asunto. Al verlo con el hijo de ambos, Tess no podía desengañarlo.

Ella decidió que lo dejaría seguir, que quería comprobar hasta cuándo duraba el interés de Nick.

Él no se marchó hasta después de desayunar y lo hizo con la promesa de volver al cabo de una hora o dos, cuando hubiera recogido los impresos legales que tenían que rellenar para casarse.

Tess lo despidió cuando se marchó en el resplandeciente Lamborghini y se preguntó con cierto aire soñador si él volvería en un sedán familiar. El ambiente parecía rebosante de cambios inesperados. Agradecía que se hubiera ido y le hubiera dado ese respiro. Necesitaba algo de tiempo y espacio para hacerse a la idea de una propuesta que al día anterior le habría parecido imposible.

Se dio la vuelta para entrar en su casa y se fijo en la casa colonial que había modificado para adaptarla a sus necesidades. Estaba perfectamente situada; cerca del centro, cerca de los estudios Fox y cerca del Instituto de Arte Dramático. En la planta baja no sólo estaba su agencia de actores sino también un estudio fotográfico para que ella pudiera supervisar la elaboración de los *books* de los artistas.

La casa representaba un ejemplo de calidad imperecedera, de categoría que no desaparecía por los cambios en los estilos arquitectónicos que exigía la sociedad moderna. Sin embargo, Nick tenía razón. Aunque le habría servido a ella, como madre soltera, si se casaban y formaban una familia, tendrían que mudarse. ¿Adónde? ¿Para qué? Tess tampoco podía hacerse a la idea. Tenía la sensación de estar en un sueño. Lo único que sabía con certeza era que no iba a vender ese sitio. Representaba la vida que ella se había hecho, la vida en la que confiaba...

Ella estaba pensando en ello cuando Nick volvió con los impresos legales que sellarían su matrimonio. Zack estaba en el piso de arriba echándose la siesta de media mañana y Tess estaba en su despacho repasando los nuevos contratos que le había preparado su ayudante. Nick irrumpió, apartó los documentos de la mesa, le dio un bolígrafo a Tess y le explicó lo que se necesitaba. Dio salida a toda la energía que automáticamente arrastraba a todo el mundo a hacer su voluntad.

—Cuando haya llevado esto al registro con los documentos pertinentes, tendremos que esperar un mes —le explicó a Tess con la arrogancia de quien domina la situación.

Un mes... se dijo Tess para sus adentros. ¿Sería suficiente para comprobar la sinceridad de Nick?

—Lo cual significa que nos metemos en Navidad y Año Nuevo —siguió él—. Eso complica la elección del sitio, pero he pensado que si se lo encargamos a alguien especializado en bodas y mandamos ya las invitaciones...

—¡Alto!

Nick la miró con recelo. Ella dejó el bolígrafo y empujó la butaca hacia atrás para alejarse de él.

–¿Alto...? –le preguntó él.

–He tenido tiempo para pensarlo, Nick.

–¿No me dirás que has cambiado de opinión?

–En ningún momento te he dicho que fuera a casarme contigo –aseguró ella que no estaba dispuesta a dejarse intimidar–. Es más, me has dado muy poco tiempo para pensar tu proposición.

–¿Qué tienes que pensar? Tenemos la obligación de cuidar de nuestro hijo, tenemos que darle un entorno familiar, ¿cómo es posible que vayamos a discutir eso?

La lógica era aplastante, pero Tess se agarró a su mayor duda.

–¿Y nosotros?

–Yo creía que eso lo habíamos aclarado anoche. ¿Acaso no establecimos las normas para que nuestro matrimonio funcionara? Además, lo hicimos de mutuo acuerdo.

Lo habían hecho en pleno arrebato nocturno, pero... pensó Tess.

–¿Qué sentido tiene echarse atrás ahora? –insistió Nick–. Acuérdate de cómo lo pasaste de pequeña, perdida entre los mundos de Livvy y tu padre. Yo me acuerdo muy bien de cómo lo pasé yo sin que nadie me quisiera, dejado de lado para que me valiera por mí mismo. Tenemos que hacer que todo sea distinto para Zack. Tienes que entender que lo mejor es el matrimonio, por su bien...

Efectivamente. Era lo que tenían que hacer por su hijo. Tenía que intentar el matrimonio con Nick. Seguramente le haría añicos el corazón, pero por lo menos no tendría una cama fría y solitaria mientras Nick mantuviera su palabra.

–¡De acuerdo! –Tess volvió a acercarse a la mesa y firmó los impresos.

Seguramente eso era un disparate, pero daría una oportunidad al matrimonio. Por el bien de Zack.

–Pero no quiero una boda por todo lo alto –exigió ella mientras dejaba el bolígrafo.

–¿Por qué no? –le preguntó él con los ojos entrecerrados–. Ninguno de los dos piensa repetirlo. Es algo único. ¿Por qué no tener la boda de ensueño que quieren todas las mujeres?

–Porque no sería una boda de ensueño. Se parecería más a un circo de tres pistas. Piénsalo, Nick. No sería una ocasión maravillosa. Sería el acontecimiento del año para los cotillas. Mi padre con sus tres mujeres; tu madre y mi madre compitiendo por los focos; la novia, que es la hija de Brian Steele, y el novio que resultó no ser su hijo...

Nick frunció el ceño e hizo un gesto sardónico con la boca.

–Podría ser divertido tenerlos a todos bailando a nuestro compás...

Ese punto de vista cínico sobre su situación familiar estaba fuera de lugar.

–¿Crees que iría alguien para desearnos felicidad?

Tess pensaba en todas las mujeres que la odiarían por haberse quedado con el hombre que ellas habían deseado.

–La gente es así –Nick se encogió de hombros–. Estamos metidos en ese mundo y nuestro hijo también lo estará. No sirve de nada esconderse de ello.

–Pero no tenemos que actuar para la galería.

–¿Qué alternativa tienes? –espetó él con un gesto de impaciencia–. ¿Quieres huir?

–Sí... no... quiero decir... quiero elegir cómo será

nuestra boda –pidió ella–. Había pensado en algo muy íntimo...

–No puedes ocultar nuestro matrimonio, como no habrías podido ocultar a nuestro hijo, y no dar la cara sólo lo complicará –arguyó él con cierto apasionamiento–. Tess, no tenemos que avergonzarnos de nada –añadió con más calma–. Yo estaré a tu lado para protegerte...

–¡No! –Tess se levantó bruscamente–. ¿Por qué quieres que todo el mundo se entere?

–No quiero ocultar nada sobre nosotros, Tess.

A ella le ardieron las mejillas por la crítica implícita.

–Vaya... Yo creía que esta boda era una cuestión tuya, de Zack y mía. ¿Cuándo ha empezado a ser algo público?

Se lo preguntó mientras rodeaba la mesa y le daba la espalda. No se trataba de que ella no pudiera hacer frente a las opiniones o actitudes de los demás. Podía hacerlo y lo haría cuando tuviera que hacerlo, pero no el día de su boda.

Si se casaran en la intimidad antes de Navidad y se perdieran la temporada de fiestas sociales por estar de luna de miel, quizá pudieran empezar con buen pie y celebrarían la primera Navidad en familia con Zack.

Quería aferrarse a ese sueño y creer en él.

Nick no se movió. Tenía la mente en conflicto con sus instintos naturales. Efectivamente, el matrimonio era una cuestión de Zack y de ella, pero él no hacía nada a escondidas. Bastante mal había estado que Tess hubiera ocultado el nacimiento de su hijo y le hubiera privado de la oportunidad de estar junto a ella. Quería que todo el mundo supiera que estaba orgulloso de que Tess fuera su mujer y la madre de su hijo.

Una boda era una declaración pública.

Sin embargo, ella estaba actuando de una forma tan asustadiza, que Nick tenía que hacer una rápida valoración de sus prioridades. Ella se había dado la vuelta hacia los ventanales correderos que daban a la terraza. Estaba con los brazos cruzados en una actitud clara de rechazo.

Él podía imaginársela como una novia impresionante que eclipsaría a sus madres por muy divas que fueran. Sin embargo, era inútil comentar eso. En ese momento, tenía que concentrarse en conseguir casarse.

En realidad, era mejor no perder el tiempo.

—Podríamos volar a Las Vegas y volver casados si es lo que quieres —comentó él para poner a prueba el temple de ella.

—Las Vegas es vulgar. Además... —estiró la espalda con un gesto de tensión—. Creo que es mejor esperar el mes que exige la legislación australiana que intenta evitar la bodas apresuradas que acaban en arrepentimiento.

¿Estaba ella replanteándoselo o pensaba que podría hacerlo él?

—No voy a cambiar de opinión, Tess.

Ella lo miró implacablemente por encima del hombro.

—Todavía no sabes lo exigente que puede ser un bebé. ¿Cómo sabes que no saldrás corriendo?¿Cómo sé que no me dejarás las responsabilidades cuando hayas comprobado que no todo son juegos y diversión?

—¿Quieres ese mes para saber cómo me comporto?

–Una noche no te convierte en padre.

–Lo he comprobado en carne propia –replicó él cortantemente–. Si tengo alguna prioridad en mi vida, ésa es darle a mi hijo todo lo que yo quise de mi padre cuando él no estaba cerca.

–Las buenas intenciones no bastan.

–No son intenciones. Es un compromiso que regirá mi vida.

Ella lo miró con ojos burlones.

–Mi vida está llena de promesas incumplidas.

–¿Por eso quieres una boda íntima? ¿Te parece más fácil cancelarla? ¿No quedarás mal si nadie sabe nada?

–Eso sirve para ti también. Podrías aburrirte de nosotros dos.

–Imposible.

Nick se acercó a ella. Tenía que acabar con las dudas que albergaba ella sobre su compromiso; hacer que ella lo necesitara; despertar el deseo que podría disipar cualquier otra consideración.

Le rodeó la cintura con los brazos y la atrajo contra sí. Ella llevaba unos pantalones vaqueros muy sexys y encajó la curva de su trasero contra el vientre. La rigidez de ella dio paso a un leve estremecimiento. Aun así, seguía con los brazos cruzados en actitud defensiva y negándole la posibilidad de llegar a sus pechos. Él inclinó la cabeza y le apartó los rizos para poder besarle la oreja e intentar recuperar a la mujer delicada, dócil y sensual que había compartido la cama con él la noche anterior.

–Un mes durmiendo juntos ni siquiera empezaría a satisfacer mi deseo por ti, Tess –le susurró él a la oreja.

Todo el cuerpo de ella se estremeció de placer y consiguió la erección inmediata de él. Ella bajó los brazos a los costados y le acarició los muslos, provocándole un deseo más apremiante.

Nick llevó las manos a los pechos de ella con una caricia seductora.

–Tendríamos que hacer algo especial para nuestra noche de bodas.

Tess levantó los hombros para elevar los pechos como un desafío orgulloso, aunque el tono ronco de su voz revelaba la excitación que sentía.

–¿Qué te complacería? –le preguntó él con doble sentido–. ¿Cómo te imaginas nuestra boda y su noche?

–Íntima y maravillosa.

La cadencia de su voz volvía a ser el canto de una sirena para él. La necesidad de hacer el amor con aquella mujer era una obsesión.

–Si quieres intimidad, será mejor que cierres los ventanales –le aconsejó él mientras bajaba la mano para desabotonarle los vaqueros–. En cuanto a lo de maravillosa, tú harás que nuestra boda sea maravillosa independientemente de dónde estemos y la ceremonia que hayas elegido.

–Hay un sitio al norte de Queensland...

–¡Perfecto! ¡Resérvalo! –ya le había soltado todos los botones y no podía contener la pasión–. ¡Tess, cierra esa puertas!

Un mes más tarde, Nick estaba mirando a otro par de puertas cerradas y esperando a que su novia apareciera. Había respetado el deseo de Tess de una boda íntima, pero ella lo había asombrado con el sitio que había elegido. En cuanto vio la iglesia, Nick comprendió por qué la había elegido Tess.

Era una pequeña iglesia construida en los terrenos

de un centro de ocio en Cairns, cerca de la gran barrera de coral, al norte de Queensland. Tres paredes eran prácticamente de cristal. La pared del fondo daba a una playa de arena blanca con el mar color turquesa de fondo y las paredes de los lados dejaban ver el césped y los jardines tropicales. Sólo la pared con la puerta en forma de arco evitaba la vista de otros edificios y ofrecía cierta intimidad. No había alfombra roja entre las dos hileras de bancos blancos. El pasillo era de cristal y discurría sobre un acuario subterráneo maravillosamente iluminado para resaltar la formas coralinas y todos los tipos de peces de colores.

El oficiante, un hombre de cincuenta y pocos años de aspecto bonachón, esperaba a la novia junto a Nick. A la izquierda de ellos había dos mujeres vestidas de verde aguamarina. Una estaba sentada a un piano blanco y la otra, la cantante, estaba de pie junto a ella. A la derecha estaba la mesa con los documentos oficiales y un magnífico arreglo floral.

Sonó una campana. Evidentemente, era la señal para que todo empezara. Nick ya estaba impaciente. Había sido un mes muy largo en el que había notado siempre la sensación de que tenía que demostrar que se merecía que Tess lo considerara un buen marido y un buen padre para Zack.

La pianista empezó a tocar el *Ave María* de Schubert y, cuando la puertas se abrieron, la cantante elevó la voz para recibir a la novia.

Tess llevaba un impresionante vestido de encaje blanco con cuentas de diminutos cristales. En la cabeza, una resplandeciente diadema sujetaba la melena roja. Parecía una diosa que andaba sobre el mar. Una diosa que no llevaba en sus brazos un ramo de flores sino el hijo que habían creado juntos, el símbolo viviente de su unión. Nick comprendió lo acertado que había sido elegir una boda tan íntima.

El corazón le dio un vuelco cuando Tess le ofreció a Zack para que lo sujetara durante la ceremonia. Los ojos azules de ella le transmitían la esperanza de que esa unión resultara verdadera.

—Confía en mí —dejó escapar Nick mientras tomaba a su hijo en brazos.

Tess sonrió vacilantemente y los ojos se le empañaron de lágrimas. Nick no supo si se debía a que aceptaba su palabra o a que deseaba poder creerlo.

Zack no albergaba dudas y soltó un gorjeo de felicidad y confianza cuando cambió de manos. Había aprendido a confiar en su padre durante el último mes y Nick se había jurado que nunca lo decepcionaría en nada importante. La confianza entre los adultos era un asunto mucho más complicado y esperaba que Tess aceptara que él se tomaba muy en serio aquel compromiso.

Quizá lo hubiera pensado antes de conocer a Zack, pero ese bebé que tenía en brazos lo cambiaba todo y Tess cobraba mucha más importancia en su vida. Por eso, Nick se encontró prestando mucha atención a las palabras del oficiante y agradeciendo las verdades que encontraba en ellas.

—Esta unión es muy trascendente porque os juntará de por vida en una relación tan íntima que influirá profundamente en todo vuestro futuro. El futuro, con sus esperanzas y desilusiones, con sus éxitos y sus fracasos, con sus placeres y dolores, con sus alegrías y sus penas, se oculta a nuestros ojos. Vosotros sabéis que todas las vidas pasan por esos momentos y pasarán en vuestra vida...

Muchas parejas no llegaban a tanto. Se necesitaba un compromiso verdadero para arreglar las cosas. Nick estaba decidido a hacerlo. Su hijo no sería la víctima de un divorcio.

–Vosotros –siguió el oficiante–, sin saber lo que os espera, os aceptáis para lo bueno y para lo malo, en la pobreza y en la riqueza, en la salud y en la enfermedad, hasta la muerte. Estas palabras son un hermoso tributo a vuestra fe sincera en el otro y como admitís su importancia, estaréis preparados para pronunciarlas –el oficiante sonrió y les pidió que se agarraran de la mano–. Por favor, repita conmigo –le indicó a Nick.

Nick repitió los votos con tono solemne y sin asomo de cinismo. Eso era precisamente lo que necesitaba Tess para albergar la esperanza de que ese matrimonio podría salir adelante.

El oficiante le había ofrecido a ella unas versiones modernas de los votos que suavizaban el compromiso matrimonial.

Tess había elegido, sin consultar a Nick que le había dado carta blanca, los votos tradicionales de compromiso para toda la vida. Esos votos expresaban lo que ella quería, lo que ella deseaba de todo corazón, y su corazón rebosó de felicidad cuando Nick los pronunció con seriedad. Podría haber sido una actuación perfecta de Nick, pero la mano que sujetaba la de ella transmitía un sentimiento auténtico que confirmaba la cálida serenidad de su voz. Para bien o para mal, le contagió una seguridad plena de felicidad cuando ella tuvo que hacer sus votos, una seguridad afianzada en el conocimiento íntimo de que ella nunca rompería esos votos. Para ella eran muy sinceros y, si no lo eran para Nick, prefería no saberlo.

Cuando se besaron, para Tess fue un beso de amor, como la caricia de dos espíritus que se unían porque se pertenecían el uno al otro.

Capítulo 9

QUÉ pasa, Tess? –le preguntó su padre mientras sus penetrantes ojos observaban la nueva casa de ella–. He oído decir que Nick Ramirez compró esta casa en cuanto salió al mercado hace un mes o así. Pagó quince millones.

–Efectivamente –confirmó ella sin estar muy segura de si esa reunión matinal era la mejor ocasión de darle la noticia.

–Entonces, ¿cuánto te ha sacado a ti?

El tono de su padre era receloso y agresivo ante la idea de que Nick hubiera podido timar a su hija en una operación inmobiliaria.

–No digo que sea una mala compra –siguió él–. Está en una zona muy buena, pero se ha dado mucha prisa en venderla.

–No ha sido así, papá –le tranquilizó ella.

Él frunció las tupidas cejas blancas.

–¿Qué quieres decir? ¿La ha comprado él en tu nombre?

–Bueno, algo así. La ha comprado para mí... y para Zack. Como un hogar para nosotros.

–¿Por qué has recurrido a él?

Tess notó que el corazón se le encogía ante el tono de disgusto.

–Si querías un agente para comprarte una casa... –siguió su padre.

–Por favor, papá, déjalo –le pidió Tess–. Sólo quiero enseñarte...

–De acuerdo.

Él levantó una mano como si así alejara los prejuicios del pasado y volvió a echar una ojeada a lo que le rodeaba.

–Es una casa preciosa, Tess.

Salieron al patio. Tenía unas vistas que abarcaban el puerto, la ópera y el puente de Sidney. Era una preciosa mañana soleada y Tess quería con toda su alma que su padre recibiera la influencia de las circunstancias positivas.

–Vas a necesitar mucho personal –comentó él mientras observaba el enorme jardín con piscina.

–Eso ya está resuelto, papá –le tranquilizó ella mientras se dirigían a la pérgola con una barra de bar–. Siéntate mientras hago un té.

–No es fácil encontrar gente de confianza –le avisó él mientras se sentaba en un taburete–. ¿Has comprobado bien sus credenciales? Al venirte a vivir aquí vas a tener que pensar más en la seguridad. Ya no estás sola. Hay que pensar en mi nieto. El secuestro no es muy corriente en Australia, pero... ¿dónde está Zack? –se volvió como si buscara una cuna o algo parecido–. Esperaba verlo...

Tess tomó aliento al comprender que no podría mitigar la impresión.

–Zack está con su padre.

–¡Su padre! –la miró con unos ojos que la atravesaron.

–Me aconsejaste que le dijera que tenía un hijo y lo he hecho.

–No te aconsejé que le dieras ningún derecho de custodia –replicó él–. ¿Quién es él? Creí que dijiste que él no tendría ningún interés.

–Me equivoqué.

–Pero Zack es un bebé. ¿Cómo has podido dejarlo desatendido? Mi nieto...

–No está desatendido. Somos... una familia, papá –Tess hizo acopio de valor–. Hace tres semanas me casé con el padre de Zack.

Él se quedó boquiabierto.

–No quería una boda multitudinaria –siguió ella inmediatamente–. Fuimos a Cairns y...

Su padre dio un puñetazo en la barra mientras se levantaba con la respiración entrecortada por la ira.

–¿Te has casado con un canalla que te dejó embarazada sin dejarme que los abogados se ocuparan de él primero? –rugió–. ¿Te has vuelto loca? Se aprovechó de ti una vez y volverá a hacerlo.

–¡No, no lo hará! –replicó ella con convencimiento–. Nick nunca aceptaría ni un centavo del dinero de los Steele. Compró esta casa para nosotros. Ha pagado todo lo que hay en ella. Ha contratado al personal y paga sus sueldos...

–¡Nick! –lo soltó como un trueno–. ¿Estás diciéndome que te has casado con Nick Ramirez? –estaba rojo de ira–. ¿Él es el padre de Zack? ¿Es eso lo que estás diciéndome?

–Sí –Tess levantó la barbilla desafiantemente.

Él sacudió la cabeza con incredulidad.

–¡No me lo creo! –dio la espalda a Tess como si no quisiera afrontar la confirmación–. ¡No puedo creérmelo!

–Nick es muy bueno con Zack, papá –intercedió Tess–. Muy bueno.

Él se dio la vuelta con los puños en alto.

–Casarte con Nick Ramirez es exponerte a una humillación tras otra. Quizá no sea un gigoló que busque tu dinero, pero sé que se acuesta con cualquier mujer hermosa que se le cruza en el camino. Como su padre.

Eran unas palabras cargadas de odio por la humillación que había sufrido él a manos de Enrique Ramirez.

Tess buscó angustiosamente algún argumento. Le angustiaba que pudiera abrirse una brecha insalvable entre su padre y ella. Ella no podía negar la reputación de Nick y tampoco podía asegurar que todo sería distinto en el futuro, pero sí tenía que creer en las sensación de unidad que habían alcanzado durante las siete semanas anteriores.

–Por lo menos, Zack sabrá que me he casado con su padre –alegó ella con firmeza–. Sabrá que he intentado formar una familia para él. Si todo falla, él siempre tendrá una madre que no sólo lo quiere, sino que le dedicará el tiempo que quiera.

Los ojos de Tess se llenaron de lágrimas al recordar lo profunda y frecuentemente que su madre le había negado el tiempo y el cariño cuando ella más lo necesitaba. Su vida había estado repleta de ausencias y quizá Nick no las llenara, quizá él las hiciera más palpables, pero por el momento...

Sonó un pitido del agua hirviendo. Ella buscó el interruptor y, casi en ese mismo instante, se encontró con que su padre había dado la vuelta a la barra y la abrazaba con fuerza como si fuera una niña que necesitaba consuelo. Lo cual era cierto.

–No pasa nada... Tienes a tu padre, Tessa –la tranquilizó con cierta brusquedad–. No importa lo que pase con Nick Ramirez, acuérdate de que tienes un padre a quien acudir.

Tess notó un alivio intenso. Su padre no iba a rechazarla.

–Siento que lo pasaras tan mal de pequeña –el pecho de su padre subió y bajó con un suspiro–. Fue una situación muy complicada. Intenté suavizarla, pero me parece que no lo hice muy bien.

Tess pensó que no lo había hecho demasiado mal dado el temperamento caprichoso de Livvy y los celos de su tercera mujer. No sentía resentimiento hacia él por el papel que había tenido en su vida.

–Siempre lo has hecho bien, papá –consiguió mascullar ella.

–Tendrías que haberme dejado que te diera una boda como Dios manda –le reprochó él con cierto tono de orgullo herido–. Eres mi única hija... habría sido la boda más maravillosa que se pueda comprar con dinero.

Tess tragó saliva y apartó la cabeza para mirarlo directamente.

–No se pueden comprar los sentimientos, papá. Te habría horrorizado entregarme a Nick y tus tres mujeres se habrían tirado de los pelos.

Él hizo un gesto que reconocía la verdad innegable.

–Ha sido mucho mejor hacerlo en la intimidad. Nick, Zack y yo solos –añadió Tess.

–Zack... –él esbozó una sonrisa forzada–. Me temo que estoy atrapado por mi propio consejo.

–Fue un consejo acertado. Ha dado buenos resultados.

–¿De verdad, Tessa? –la miró a los ojos con preocupación–. Olvídate de Zack. Lo digo por ti. El amor te ha defraudado toda la vida. Casarte por el bien de un niño...

–¡No! –ella sacudió la cabeza vigorosamente–. No pienses eso. Nick y yo... compartimos cosas fantásticas...

¡Sexo! Una vida sexual, maravillosa, fantástica y

adictiva. Sin embargo, no podía decírselo a su padre y notó que se sonrojaba sólo de pensarlo.

–No me habría casado con él si no... lo hubiera deseado como marido –remató ella.

–Deseado... –el tono de su voz y el brillo burlón en la mirada de su padre indicaban que sabía a qué se refería.

Tess sintió vergüenza al comprobar que había revelado la verdad.

–Lo quiero, papá. Lo he querido desde el principio y voy a sacar todo lo que pueda de él. Por favor, intenta entenderme y no me abandones.

–Lo entiendo, Tessa –le secó las lágrimas de la mejilla y volvió a mirarla con ojos burlones–. Nos apoderamos de todo lo que podemos que nos parece bueno. Por eso merece la pena vivir.

Tess no estaba segura de compartir ese principio. Para él, había que quedarse con lo que pudiera, pero también había que pagar un precio porque nada era gratis. Era parte de la perversión que acompañaba a una gran fortuna. Ella se dijo que el amor estaba por encima de eso. Era algo que no podía comprarse. Sin embargo, podía pagarse el precio del dolor.

–Vamos a volver a calentar el agua –su padre la soltó–. A los dos nos vendrá bien una taza de té.

Era un alivio que la armonía entre padre e hija se restableciera y que una actividad normal los librara de la extraña sensación de haber expresado tantos sentimientos. Tess hizo el té y lo llevó a la mesa donde se había sentado su padre.

–¿Le has dicho a tu madre que te has casado? –le preguntó él.

–Todavía no. Ella está de gira y yo acabo de volver de la luna de miel. Nick quiere hacer una gran fiesta de celebración cuando tengamos la casa preparada. Se lo diré antes de mandar las invitaciones.

–Prepárate para causar una sensación cuando lo hagas público.

–Sí, pero no durará mucho. Además, es más fácil presentarlo como un hecho consumado, ¿no?

–Lo hecho, hecho está –corroboró él irónicamente–. Bueno, ya que hemos tenido nuestra sesión privada, ¿dónde están tu marido y mi nieto?

Volvió a notar cierto tono agresivo y supuso que indicaba que quería verse cara a cara con Nick, algo que éste también había pedido. Nick le había concedido media hora a solas con su padre La idea de dos toros embistiéndose la alteraba y miró hacia las escaleras que llevaban hacia la terraza donde estaba la piscina.

Su mirada se vio atrapada por la de Nick cuando su cabeza apareció subiendo las escaleras. Luego aparecieron sus hombros y, por fin, Zack en la mochila que Nick llevaba atada contra el pecho. Nick sonreía a su hijo y mantenía el habitual monólogo con él.

–Quiere a su hijo –comentó con rudeza su padre.

–Mucho.

–¿Y a ti, Tessa? –el tono se endureció–. ¿Cuánto te quiere a ti?

Ella dudó. No quería resultar negativa, pero tampoco sabía la verdadera respuesta.

–Más de lo que me imaginaba. No deja de sorprenderme.

Eso era completamente cierto.

Sin embargo, ella estaba sobre ascuas al ver que Nick se acercaba con un gesto tenso, con los ojos escudriñando el lenguaje corporal del hombre cuyo poder económico e influencia podían llegar a ser importantes en sus vidas.

Su padre se levantó y, por consideración hacia ella, se dirigió hacia Nick con la mano extendida para que él la estrechara si quería.

–Ya no llevas mi nombre –dijo él refiriéndose al cambio de apellido de Nick–. Respeto la integridad de enmendar públicamente esa mentira y proclamar tu ascendencia. No obstante, mi hija me ha dicho que eres mi yerno, el padre de mi nieto, y esas dos circunstancias hacen que seamos familiares, ¿de acuerdo?

–De acuerdo –Nick estrechó con fuerza su mano–. Quiero dejar claro que lo habríamos sido mucho antes si Tess me hubiera dicho que estaba embarazada de mi hijo.

El padre de Tess asintió como si supiera que eso también era verdad.

–Es una situación difícil cuando no quedan alternativas, ¿no? –le preguntó él.

–No culpo a Tess por las decisiones que tomó. Según su punto de vista, tuvo buenos motivos, aunque yo le habría hecho cambiar de opinión si hubiera tenido la ocasión. Lamento profundamente no haber estado a su lado y compartir ese momento con ella.

–Quiero pensar que habrías estado a la altura. No sé si te lo habrá dicho, pero Tess lo pasó muy mal al dar a luz. Los malditos médicos tardaron mucho en hacerle la cesárea, creo yo. Produjeron estrés en Zack y en ella. Luego esa infección por la operación...

–Basta, papá –le interrumpió Tess al ver que el rostro de Nick se ponía en tensión y amenazaba con tirar por tierra la reconciliación.

–Sí, me lo dijo –espetó Nick–. Tienes mis respetos y toda mi gratitud por atender a sus necesidades, por no dejarla sola cuando estaba dando a luz. Estuviste apoyándola cuando te necesitó y te lo agradezco sinceramente.

—Es mi hija...

—Ahora es mi mujer —replicó Nick con vehemencia—. Te aseguro que nunca tendrás que volver a ocupar mi puesto —soltó la mano y agarró a Zack—. También te aseguro que nunca tendrás que sustituirme en nada que se refiera a mi mujer o mi hijo.

Nick irradiaba orgullo y Tess contuvo el aliento al ver que su padre entrecerraba los ojos.

—Cumple con esas palabras, Nick Ramirez, y nunca tendrás el más mínimo problema conmigo.

—No soy como mi padre, Brian Steele. No cometas el error de otorgarme su personalidad. Adopté su nombre porque me pertenecía, pero soy como soy y puedes estar completamente seguro de que lucharé por lo que me pertenece.

—Yo también. Si yo fuera tú, nunca olvidaría quién es tu mujer.

—Papá... —Tess se levantó de un salto con un gesto para que su padre escuchara y entendiera—. Las amenazas no sirven de nada. No me hagas esto, por favor. Es mi decisión, mi riesgo, mi vida...

—¡Nuestra vida! —la corrigió Nick mientras le pasaba por el hombro el brazo que tenía libre—. Tess y yo estamos solucionándolo juntos. Tenemos un hijo. Vamos a ser una familia. Tú puedes formar parte de ella...

—Por favor, papá —intervino Tess estimulada por las emotivas palabras de Nick—. Que todo salga bien...

Su padre suspiró profundamente con un gesto de dejar a un lado todo recelo y animosidad. Miró desafiantemente a Nick y luego bajó la mirada a la mesa.

—El té se habrá quedado frío —gruñó—. Además, mi

nieto no tiene una niñera. Será mejor que os ocupéis de eso. Me habéis invitado a venir y sólo he recibido agravios.

La tensión se disipó como había aparecido. El padre de Tess empezó a hablar de la compra de terrenos y Nick se sentó a la mesa para seguirle la conversación mientras sacaba a Zack de la mochila y lo entregaba delicadamente a su abuelo.

Tess volvió detrás de la barra para calentar el agua otra vez. Después de haberse visto metida en un torbellino de primitivismo masculino en el que su padre la protegía y su marido dejaba claros sus principios, era un alivio casi insoportable representar un papel en la civilizada ceremonia de preparar un té.

Afortunadamente, aquellos dos hombres tan importantes en su vida tenían el dominio de sí mismos y la inteligencia de evitar una situación irreparable, aunque Tess había captado cómo se habían medido ras un intercambio de opiniones aparentemente inofensivo. Ninguno de los dos iba a ceder el terreno al otro aunque el respeto acabó por imponerse, pero Tess notaba que estaba condicionado a lo que pudiera ocurrir en el futuro. Lo cual, concedió, era razonable. Ella también tenía ciertas dudas sobre el alcance del compromiso de Nick con ella. Su matrimonio por el momento se sostenía por la paternidad y el sexo y ambos factores representaban una novedad para Nick. Si bien ella creía que él siempre estaría junto a su hijo, sus aventuras sexuales nunca habían durado mucho.

Inmediatamente dejó de pensar en un futuro demasiado lejano. Por el momento, Nick no le había dado motivos de duda sobre la duración de su matrimonio y ella no iba a dar sensación de incertidumbre a su padre. Ese día, al menos, quería presentar un frente sólido con Nick.

–Con sólo miraros a Zack y a ti, no podrías tener la más mínima duda de que eres su padre –el padre de Tess miró sarcásticamente a Nick.

–No, aunque habría creído a Tess si Zack se hubiera parecido a ella –le replicó Nick.

–Como yo creí a tu madre –reaccionó burlonamente su suegro.

Tess se temió otro cruce de dardos envenenados.

–No se puede comparar a mi madre y a Tess –Nick sacudió tranquilamente la cabeza–. Tienen corazones muy distintos.

El padre de Tess dejó escapar un gruñido de aprobación.

–Me alegro de que lo sepas.

–Aunque sé que el nacimiento de Zack fue muy difícil para ella, ¿Tess estaría dispuesta a tener otro hijo?

–¿Quieres que tengamos otro hijo? –intervino Tess entusiasmada ante la perspectiva.

–Ni tu madre ni la mía nos dieron hermanos, Tess –señaló Nick–. Creo que fuimos unos niños muy solitarios.

–Sí –confirmó ella inmediatamente.

Los hipnotizadores ojos verdes de Nick la miraron con cautela, como si no quisiera presionarla.

–Me gustaría que nosotros diéramos hermanos a Zack.

–Lo haremos.

La promesa brotó en medio de una sonrisa de felicidad que acabó con cualquier posible discrepancia de su padre.

Nick había vuelto a sorprenderla. Otro hijo... una demostración más profunda de su compromiso como

pareja. Eso tenía que estar pareciéndose al amor.
Aunque quizá ella estuviera adornando esas sorpresas con su propio amor.

Fuera lo que fuera, la vida con Nick era cada día
mejor.

Capítulo 10

LA invitación de su madre a desayunar «en casa» significaba que quería algo de él. Los insistentes mensajes que ella le había dejado durante tres semanas indicaban que tenía algo en la cabeza y pasarlo por alto no iba a hacer que lo olvidara. Además, ya que Brian Steele sabía que se había casado con Tess, seguramente sería mejor darle la noticia a ella en privado.

Una cosa tenía clara: no quería que Tess viera a su madre hasta después de su primera reacción, que inevitablemente estaría cargada de malas vibraciones que harían que Tess se sintiera más insegura sobre su matrimonio. Por el momento, ella no confiaba en que él fuera a mantener su compromiso.

Se había quedado atónita cuando él insinuó la posibilidad de tener otro hijo y eso indicaba que ella creía que para él la relación era pasajera, aunque, evidentemente, no lo era para ella. Al fin y al cabo, él tenía un largo historial de relaciones pasajeras y todavía no llevaban tanto tiempo casados como para que ella creyera que su matrimonio iba a ser distinto. Aunque lo era.

Muy distinto de todo lo que Nick había conocido hasta la fecha.

No estaba dispuesto a perderlo por culpa de personas que no entendían su situación con Tess ni lo que sentía por Zack. El día anterior, Tess había repelido cualquier amenaza por parte de su padre, se había mantenido firme en su elección de casarse. Dependía de él que esa mañana su madre no lo estropeara.

La doncella lo acompañó hasta la habitación donde iban a desayunar. Era una estancia soleada con vistas a la bahía de Balmoral y al puerto deportivo donde Philip Condor atracaba su yate. Su madre estaba sentada de medio lado en una silla para que él pudiera apreciar perfectamente su esbelta figura y su elegante conjunto.

–¡Querido!

Ella se levantó con una sensualidad natural que seguramente habría ensayado un millón de veces. Le dio un par de besos sin rozarle las mejillas y lo agarró del brazo para sentarlo a la cabecera de la mesa.

–¿Dónde te habías metido? –le regañó ella cariñosamente.

Nick notó claramente el placer que era vivir con una mujer que nunca actuaba. Él no podía recordar ningún momento en el que ella le inspirara el cinismo que le inspiraba su madre. Como lo habían hecho todas las mujeres que habían pasado por su vida. Todas, excepto Tess. Ella siempre iba de frente sin intentar engatusarlo en su beneficio. Sin embargo, también tuvo que reconocer que Tess nunca había tenido problemas económicos y que Nadia Kilman, su madre, era la hija única de unos inmigrantes muy pobres que habían luchado mucho para que su hermosa hija gozara de todas las ventajas del nuevo país y que no pudieron gozar de la gloria de ella porque los dos murieron intentando salvar su casa de un incendio.

Naturalmente, primero salvaron a su hija. Nadia, con dieciséis años, ya había empezado una brillante carrera como modelo. Sus contactos con los ambientes más acomodados también la ayudaron a ganarse la admiración y a generar oportunidades de prosperar cada vez más. Nadia Kilman no miraba hacia atrás.

–Aquí estoy, madre –contestó Nick irónicamente–. ¿Qué ronda por tu cabeza?

Lo mejor era seguir su juego para que estuviera de buen humor.

–¿Qué quieres? ¿Zumo o café?

Estaba dispuesta a hacer de doncella y eso significaba que quería un favor muy grande.

–Yo me serviré, gracias.

Había un bufé con un desayuno completo. Nick se sirvió un vaso de zumo de naranja recién exprimido y un cruasán. Los dos se sentaron a la mesa.

–¡Te has comprado la casa Upton en Point Piper! –exclamó ella con los ojos brillantes por la ilusión.

–Sí. Me enteré de que estaba en venta e hice una oferta.

–He ido a tantas fiestas maravillosas allí... Aunque tengo que decir que ni los Upton ni los Farrell, antes que ellos, le sacaron todo el partido a esa casa. Lo que quería proponerte, Nick, es que en vez de contratar a un decorador profesional...

–No, madre –le avisó él–. El puesto ya está ocupado.

–Pero necesito un proyecto nuevo –ella sonrió con todo el atractivo posible–. Te daría un resultado magnífico. Te prometo que tu casa será la comidilla de toda la ciudad. Yo liquidaré el contrato que hayas firmado...

–No. Es una situación innegociable.

–Querido, todo es negociable. Es cuestión de encontrar el precio adecuado.

Nick negó con la cabeza y se dio cuenta de que él habría dicho lo mismo hacía unas semanas, pero ya sabía que eso no era verdad. El amor que sentía hacia su hijo no era negociable. Como tampoco era negociable la confianza que quería que Tess sintiera por él. Nada relacionado con Tess y Zack era negociable.

–Ya sé que te gusta hacer las cosas a tu manera –insistió su madre–, pero tienes que reconocer que tengo mucha experiencia en...

Él sacudió una mano para alejar cualquier táctica persuasiva.

–Me he casado y mi mujer elegirá la decoración que quiera en nuestra casa.

–¡Casado! –lo miró con incredulidad y sorpresa–. ¿Por qué no me he enterado?

–Bueno, sobre todo, porque no es de tu incumbencia –contestó Nick sin alterarse–. No recuerdo que tú me consultaras sobre ninguno de tus matrimonios...

–Tú sabías con quién iba casarme –lo interrumpió más molesta porque le hubieran estropeado sus planes que por otra cosa.

–Eso es irrelevante, madre. La cuestión es...

–Quiero saber quién es –volvió a interrumpirlo–. Después de tus ácidos comentarios sobre mis matrimonios, quiero saber quién es y por qué has cambiado de idea sobre el matrimonio. Es impropio de ti...

–A lo mejor no me conoces bien –replicó Nick recordándose que él no era su padre.

Ella puso los ojos en blanco.

–Limítate a darme su nombre.

–Tessa Steele –respondió él con orgullo.

–¿Tessa Steele? –ella subió el tono de voz hasta casi dar un alarido–. ¿Tessa Steele, la hija de Brian Steele?

Nick asintió con la cabeza y ella soltó una carcajada.

–¡Eso no tiene precio! –Nadia se levantó y empezó a dar palmadas como una niña–. Brian me repudia como su mujer y tú te casas con su hija única ¡Me encanta!

Nick suspiró por la costumbre de su madre de darle la vuelta a todo para que girara alrededor de ella.

–Es perfecto –siguió su madre–. Además, todo ese dinero volverá a la familia. ¡Qué maravilloso golpe de mano!

Nick apretó la mandíbula para contener una oleada de rabia por los valores que su madre había tenido toda su vida.

–Por nada del mundo tocaría un céntimo de la fortuna de los Steele.

Su madre se quedó momentáneamente aturdida ante esa afirmación.

–Entonces, ¿por qué te casas con ella? Ni siquiera es guapa.

–Para mí, lo es –Nick se levantó furioso–. Además, Tess ha tenido un hijo mío.

–¡Un hijo! –Nadia puso los ojos en blanco–. Te ha atrapado como yo atrapé a su padre.

–No, madre. Yo no era el hijo de Brian Steele y Zack sí lo es mío.

–¿Tienes alguna prueba?

–Irrebatible.

–Bueno, ha sido muy lista. Sin duda adivinó que tenías algún resquemor por que tu padre te hubiera rechazado. Además, tener un hijo varón es un arma perfecta para cazarte.

La conversación iba subiendo cada vez más de tono porque su madre había decidido que ya no estaba ganando. No entendía lo que estaba en juego y seguramente no lo entendería nunca.

Nick tomo aliento para tranquilizarse.

–Tess no lo utilizó para cazarme –le corrigió él con cierta calma–. En realidad, ni siquiera me dijo que tenía un hijo hasta después de que yo le propusiera matrimonio.

–¿Qué?

–Lo que oyes. Yo le propuse matrimonio primero.

–¿Por qué?

–Porque quería casarme. Porque quería lo que Tess y Zack están dándome ahora.

–¿Cuándo lo decidiste, Nick? Sé que cuando Enrique murió, tú seguías sin intenciones de casarte, y no hace ni dos meses de eso.

El paquete de Brasil... Era paradójico que ni siquiera se hubiera acordado de la carta de su padre desde que Tess le habló de Zack y, sin embargo, lo que él interpretó como una fantasía de su padre sobre la vida ideal estaba haciéndose realidad. ¿Habría acertado Enrique al final? La verdad era que la tentación de conocer a sus dos hermanastros lo había llevado a plantearse el matrimonio con Tess y eso había desembocado en la situación de ese momento.

–¿La noticia de la muerte de tu padre te despertó una sensación de mortalidad? –le preguntó burlonamente su madre–. ¿Era el momento de casarse y tener hijos?

Estaba decidida a verlo todo según sus valores y eso era imposible. Nick sacudió la cabeza al darse cuenta de que se había alejado demasiado del punto de vista de su madre y eso hacía que no pudieran entenderse.

–Tú sigue con tu vida, madre, y déjame que yo siga con la mía –contestó Nick mientras se despedía de su madre con la mano.

Ella, lejos de darse por enterada, se agitó nerviosa al caer en la cuenta de algo que lo explicaba todo desde su perspectiva.

–¡La herencia! Por eso te has casado, ¿verdad? Tú me negaste que Enrique te hubiera dejado algo, pero ¿por qué iba a dejarme a mí un collar de esmeraldas y no dejarte a ti, su hijo, mucho más? La boda con Tessa es tu salvoconducto para la fortuna de Ramirez.

A Nick se le revolvió el estómago ante semejante planteamiento y ella lo miró con los ojos entrecerrados.

–Sí, me lo imagino retorciéndose de risa mientras escribía las condiciones –siguió ella–. Una ironía de la vida bien tramada.

–No, madre –espetó él sin poder contenerse–. Tampoco voy a tocar un céntimo de la fortuna de Ramirez y no puedes estar más equivocada al vincular a Tess con una jugada de tu amante brasileño. Él no la mencionaba en la carta que me escribió.

Ella arqueó las cejas con incredulidad.

–Querido, puedes confiar en mí para mantener un secreto.

Era inútil discutir ese asunto.

–¿Qué te decía exactamente, Enrique? –insistió ella con una sonrisa felina.

–Ya te lo dije. Me decía que tengo dos hermanastros, una familia, que no conozco.

–Y que ellos heredarían si no lo hacías tú...

–¡Esto no se trata de ninguna herencia! –exclamó él fuera de sí–. He venido a contarte que ahora tengo una familia propia. Aunque compruebo que tu nieto no te interesa más de lo que yo te he interesado toda tu vida.

–¿Cómo puedes decir eso? –se quejó ella acaloradamente.

–¡Fácilmente! –Nick volvió a despedirse con un gesto de sorna–. Buenos días, madre. Dile a tu marido que te compre otra casa para decorarla. La mía está fuera de tu alcance.

–¿Fuera de mi alcance?

Nick salió de la habitación, cerró la puerta a una posible escena y se dirigió hacia la puerta de la casa deseando no haber entrado en ella. Para él, sólo quedaba el vínculo del pasado, el vínculo maternofilial que los había atado quisieran o no. Él había creído que eso garantizaba cierta cortesía, pero la actitud de su madre hacia Tess y su matrimonio le había hecho cambiar de idea. En cualquier caso, era el momento de acabar con algo que nunca había estado bien.

El vacío dejado por su madre lo llenaban Tess y Zack. Nick iba pensando en todo eso mientras se alejaba de Balmoral Beach. Desgraciadamente, no estaba teniendo en cuenta que era posible que su madre no fuera a soltarlo y tampoco pensaba en que ella podría sentirse muy contrariada por todo lo que él le había echado en cara.

En realidad, Nadia Kilman/Steele/Manning/Hardwick/Condor estaba decidida a exprimir otra fuente de información para saber lo que quería: la nueva mujer de Nick, quien no podría negarle el derecho de ver a su nieto.

Capítulo 11

CUANDO Nadia Condor se fue, Tess se sentía como si su mundo feliz con Nick se hubiera desvanecido y ella estuviera cayendo en un pozo oscuro y sin fin. Al menos, había reunido suficiente orgullo como para que la madre de Nick no se hubiera dado cuenta del dolor que la estaba infligiendo, aunque eso no era consuelo ante el destrozo absoluto de su sueño más íntimo.

Lo más triste era que ella había creído a Nick cuando le dijo que su matrimonio no tendría que ver con el dinero. Según él, no quería ni necesitaba nada de su fortuna ni ella quería o necesitaba nada de la de él. Ella nunca se había imaginado que pudiera haber otra fortuna relacionada con su matrimonio. Ella no sabía nada del fabuloso patrimonio de Ramirez. Más aún, Nick no le había dicho nada de la muerte de su padre ni de las condiciones de la herencia.

Él le había propuesto un matrimonio de conveniencia y ella había aceptado por el bien de Zack, para que su hijo tuviera un padre cerca mientras Nick quisiera estar cerca. Tenía que aferrarse a ese razonamiento y seguir como si nada hubiera cambiado, porque, en realidad, no había cambiado nada.

Estaban casados; Nick les había comprado esa casa fabulosa, él era un gran padre e, incluso, quería tener otro hijo con ella, darle un hermano a Zack.

Ella tampoco tenía quejas de él como marido. Era cariñoso, atento, generoso con el tiempo que pasaban juntos como si fueran unos verdaderos enamorados y su vida sexual no había perdido un ápice de apasionamiento. Era todo lo que podía esperar dado que nunca se habían declarado amor. Haberlo prometido en la ceremonia del matrimonio no contaba. Ella había elegido las palabras que había que decir. Entonces, el tono de voz de Nick la había convencido de que las decía sinceramente, pero, sin duda, ella se había dejado llevar por la emotividad de la situación.

Había necesitado que Nadia Condor le hiciera ver la realidad. Que ella amara a Nick con toda su alma no quería decir que él tuviera que corresponderla. Tenía que dejar de tener esa fantasía. No entraba entre los motivos que Nick se había planteado para elegirla como esposa; ella era la única mujer que no le exigiría nada si se divorciaban, algo que él le había dejado claro desde el principio.

El dolor que estaba desgarrándole el corazón era un dolor que se había buscado ella. Nick no le había mentido. Él había ocultado un motivo muy personal para casarse, pero no le había mentido. Tampoco la había seducido. Había planteado su plan muy racionalmente, le había ofrecido una sociedad que podía ser favorable para los dos y él estaba cumpliendo su parte.

Era absurdo sentirse engañada; era un error culpar a Nick por su empeño en sentirse decepcionada. No permitiría que Nadia Condor acabara con la relación sólida y de apoyo mutuo que tenían desde la noche en que Nick se enteró de que tenía un hijo. Él amaba a Zack de verdad. Además, aunque su matrimonio se hubiera gestado por motivos económicos, algo que enfurecía a Tess, ella no paraba de repetirse que también había evolucionado hacia algo distinto. Hacia algo bueno. Demasiado bueno como para estropearlo por un orgullo estúpido.

Cuando Nick llegó a casa, ella intentó no mostrar ningún cambio, actuar con naturalidad y seguir la rutina de todos los días. No se dio cuenta de que era inútil.

Nick no podía decir exactamente qué estaba pasando, pero Tess no era la misma. Durante la hora antes de cenar, que siempre dedicaban a jugar con Zack, ella no tenía el rostro radiante. No le contó ninguna anécdota divertida del día con su hijo. Estuvo silenciosa, como preocupada, sólo se puso a jugar con Zack cuando él la animó a hacerlo y, aun así, le dio la sensación de que para ella era un esfuerzo disfrutar con lo que estaba haciendo. Parecía como si tuviera la cabeza en otra cosa.

Carol Tunny, la enfermera que ella había contratado, seguía con ellos. Si bien ya no necesitaban sus conocimientos sobre bebés recién nacidos, les gustaba tener a alguien que pudiera ocuparse de Zack cuando los dos tenían cosas que hacer. Dejaron al niño en la cuna con Carol y Nick rodeó los hombros de Tess con el brazo mientras bajaban las escaleras para ir a cenar. Él quería mostrarle su apoyo por si ella quería descargar alguna preocupación en él. Sin embargo, notó que los músculos de la espalda de Tess se ponían en tensión como si el contacto le resultara ofensivo.

—Tess... —Nick frunció el ceño ante esa reacción.

Ella esbozó una sonrisa de disculpa y relajó los hombros con un suspiro.

—Ha sido un día muy ajetreado. Ha venido mucha

gente con folletos y muestras para las cortinas y la tapicería.

–Tess, si te cansa tomar tantas decisiones, deja la decoración a...

–No, quiero elegirlo yo. Es nuestra casa –declaró con apasionamiento–. Si se lo dejo a otro, conseguiremos algo muy profesional que no diga nada de nosotros, aparte de que tengamos el dinero para hacerlo.

–¿Ha criticado alguien tus decisiones? ¿Alguien ha hecho que te sintieras...?

–No, no. Ha sido un día arduo. ¿Qué tal el tuyo? –lo miró con cautela–. No me has contado qué tal ha estado el desayuno con tu madre.

¡Era eso! Seguro que había estado dándole vueltas todo el tiempo. Tendría que haberla llamado para contárselo y que supiera que el encuentro no había tenido consecuencias. Aunque Tess debería saber que la opinión de su madre sobre su matrimonio le resultaba tan indiferente como la de la madre de ella.

–Como era de esperar, ella no puede imaginarse que no me haya casado contigo sólo por dinero, como yo me atrevería a decir que Livvy Curtin no puede imaginarse que no te has casado conmigo sólo por sexo. Si no, ¿por qué, querida? –Nick la imitó burlonamente.

Tess le sonrió irónicamente.

–Eso, si no, ¿por qué?

Nick se relajó y pensó lo fácil que era comunicarse con Tess. En seguida reconocían los entresijos de sus familias. A veces, ni siquiera necesitaban palabras. Una mirada bastaba para transmitir complicidad y eso, la complicidad, era una de las mejores cosas de su relación.

–No ha demostrado ninguna alegría por tener un

nieto —siguió Nick—. Seguro que Zack hace que sea consciente de su edad. Me temo que no vamos a tener mucho contacto de ahora en adelante.

—¿No te importa perder a tu madre?

—¿Acaso la he tenido alguna vez?

—Ella ha sido una figura esencial en tu vida, Nick.

—Tenía que serlo cuando fue el único familiar que reconoció serlo, algo difícil de negar cuando me utilizó para casarse con tu padre. Fue una maternidad muy aireada.

Nick pensó en sus otros familiares, sus hermanastros desconocidos, y se preguntó en qué circunstancias habrían nacido; cómo les habrían explicado sus madres sus embarazos. Si Enrique los había reconocido como hijos, Nick estaba seguro de que lo habría hecho después de muerto.

Podrían haberlos adoptado o haber permitido que creyeran que eran hijos de otros hombres, como él había llegado a creer que era hijo de Brian Steele. En ese caso, las noticias de Brasil podrían haberles alterado las vidas tanto como se la habían alterado a él.

—Las posesiones pueden ser muy importantes para algunas personas —comentó Tess.

—Para mi madre lo son.

Nick no podía olvidarse de su obsesión por la fortuna de Ramirez. A él le daba igual que fuera para sus hermanastros. Quizá fuera un cambio positivo en sus vidas. Para él siempre sería un regalo perverso. No lo necesitaba y no quería tocarlo.

—Sí, pero Nadia supo lo que era no tener nada cuando era pequeña —le recordó Tess—. Tú y yo no hemos pasado por eso.

Era verdad. Gracias a la ambición de su madre, él había nacido entre algodones, como Tess. Nunca había sabido lo que era la necesidad material y le resultaba muy fácil desdeñar lo que había detrás de la obsesión de su madre por hacerse con riquezas. Quizá para ella nunca se podía tener suficiente.

–Siempre quiere más –susurró Nick mientras entraban en el comedor–. Esta mañana incluso quiso decorar esta casa y que todo el mundo hablara de ella con admiración por su obra. No entiende el significado de la palabra «hogar». Para ella, todo es un escaparate.

–¿Qué es un hogar para ti? –le preguntó Tess con un tono que a Nick le resultó extraño.

Él la abrazó mientras le acariciaba el rostro.

–Creo que es verdad el dicho: «el hogar está donde está tu corazón». Mi corazón está aquí, con Zack y contigo –respondió él mientras observaba la reacción de ella.

–¡Bien! –Tess sonrió amplia pero no forzadamente y señaló la mesa de cristal y las butacas italianas de cuero negro que él había llevado de su casa–. Entonces, no te importará que quite todos esto y lo sustituya por algo de color verde manzana, porque mi corazón no soporta lo negro. No quiero oscuridad. No quiero...

–¡El verde manzana me parece maravilloso! –le tranquilizó él, que había notado un tono algo desquiciado en la voz de ella–. Tira todos estos muebles. Sólo era algo transitorio hasta que tuviéramos otra cosa.

La cabecera de la mesa estaba puesta para cenar, pero el otro extremo estaba repleto de muestras de telas y folletos. Tess fue por ellos y extendió algunos por el espacio libre de la mesa.

–Me gustaría que echaras una ojeada a éstos, pero primero, descorcha la botella de vino blanco. La cocinera me ha dicho que tenemos guiso de pollo, seguramente lo sirva de un momento a otro.

Nick decidió que, efectivamente, algo grave le estaba pasando. Utilizaba tácticas evasivas, tanto físicas como orales y él notaba el distanciamiento de Tess. Había vuelto a levantar las barreras. No supo por qué, pero supo dónde podía derribarlas.

No pensaba tolerar barreras en el dormitorio.

Tess se sentó en el tocador del dormitorio principal. Se estaba peinando para aplacar el desasosiego con ese movimiento repetitivo. Allí tenía los muebles de su anterior casa. No encajaban allí, pero al menos le daban la tranquilidad de lo conocido.

Se había puesto una bata de seda azul y encaje que se había comprado para la luna de miel. Se suponía que era sexy, pero esa noche ella no pensaba en la seducción. Se sentía demasiado vulnerable como para mostrar una desnudez desinhibida. Sin embargo, la bata no pretendía ocultar esa desnudez, sino protegerla del frío. Era pleno verano y el aire acondicionado estaba en marcha y ella tenía la carne de gallina.

A ella le habría gustado que el deseo ardiera en su interior sólo de pensar en meterse en la cama con Nick. Por suerte o por desgracia, Nick era su marido y, como él había dicho, unas buenas relaciones sexuales eran lo que unía los matrimonios y ella quería, por todos los medios, que su matrimonio se mantuviera unido, independientemente de por qué se había producido. Él era su marido y ella lo amaba, por lo tanto, ella tendría que ser capaz de responder al placer sexual que él le proporcionaba tan diestramente.

La puerta del cuarto de baño se abrió a sus espaldas. Ella no se volvió ni dejó de cepillarse el pelo. El espejo que tenía delante reflejó la impresionante belleza del hombre desnudo que salió, un hombre con el que cualquier mujer estaría encantada de acostarse, aunque la mirada depredadora que él le lanzo la dejó sin respiración y ella sintió una punzada de temor en el corazón.

Ella creía que conocía a Nick, pero ¿realmente lo conocía?

¿Habría utilizado él el sexo para cegarla sobre cuestiones que tendría que haberle preguntado antes de casarse? Sin embargo, todavía tenía que pensar en Zack. Por el bien de su hijo...

Quizá su padre tuviera razón y hubiera sido un error haberse casado por el bien de un hijo. Un tremendo error para ella.

Se le encogió el estómago de pánico cuando él cruzó la habitación hasta donde estaba sentada ella. Notó como si cada paso que él daba fuera una plancha de acero que le oprimía el pecho. Se olvidó de cepillarse el pelo. Sólo podía pensar en el abrumador conflicto que era desear a ese hombre y detestar que él no la deseara por sí misma.

Era imposible fingir que no había cambiado nada. Había cambiado en lo más importante para ella. Nick la utilizaba para su beneficio económico. Se había casado por motivos económicos.

Podría haber un millón más de motivos y todos ellos válidos e importantes, pero no podía olvidarse de ése.

–Permíteme –le dijo él mientras tomaba el cepillo con un brillo de deseo en los ojos.

Tess se aferró a la seguridad del silencio porque quizá pudiera reaccionar a la poderosa sexualidad de él y dejarse arrastrar por ella. Si pudiera sofocar su desdicha con sensaciones físicas...

–Te juro que tienes el pelo más sexy que haya visto y tocado –susurró Nick.

Tess cerró los ojos. ¿Podía creerlo? ¿Cuánto de lo que él decía era verdad?

–Es más bonito todavía sobre tu piel desnuda –le dijo él al oído mientras le quitaba la bata de los hombros.

Ella no se movió conscientemente. Fue una reacción tan súbita, que se encontró de pie, temblando de pies a cabeza y rechazando cualquier contacto. El taburete donde había estado sentada estaba entre los dos y ella se apoyaba con fuerza contra el tocador mientras se sujetaba la bata a la altura del cuello y lo miraba con un rechazo implacable.

Nick se irguió con una agresividad masculina que nada podría aplacar. Los músculos de su pecho y sus brazos se marcaron por la tensión de la batalla inminente. Su rostro era el de un guerrero dispuesto a acabar con cualquier cosa que se interpusiera en su voluntad.

–¡Suéltalo, Tess! –le ordenó él.

–Quince de noviembre.

–¿Qué pasó?

–Fue el día que me llamaste para que nos viéramos. Me dijiste que estabas deseando que yo volviera de Los Ángeles. Dijiste que me echabas de menos.

–Te eché de menos, pero no dije que estuviera deseando que volvieras de Los Ángeles –la corrigió él cortantemente–. Dije que Livvy estaba en Sidney y que parecía lógico esperar que tú también estuvieras.

Eso serenó el caos que dominaba la cabeza de Tess. El recuerdo de Nick era más preciso que el de ella. No le había mentido, pero tampoco le había dicho la verdad.

–Ese día decidiste casarte conmigo, ¿no?

–Empecé a pensar en casarme contigo –reconoció él sin remordimiento–. En ese momento no había tomado ninguna decisión.

–¿Qué te hizo pensarlo, Nick? ¿Qué hizo que te plantearas algo que no te habías planteado jamás? –le preguntó Tess con una sorna rebosante de acritud–. ¿Por qué me llamaste el quince de noviembre?

Tess vio en sus ojos el reconocimiento de lo que ella ya sabía, pero Nick no mostró sus cartas.

–¿Por qué no me lo dices tú, Tess?

–Fue el día que tu madre recibió un fabuloso collar de esmeraldas de Enrique Ramirez. El día que tú recibiste un paquete de Brasil que te informaba de la muerte de tu padre y exponía las condiciones...

–¿Que te nombraba como la mujer con la que tenía que casarme para recibir la herencia? –Nick la interrumpió con los ojos fuera de las órbitas por la ira–. ¿Tan lejos ha llegado mi madre, Tess?

–Dime la verdad, Nick.

Capítulo 12

LA verdad...
Esas palabras giraron vertiginosamente en el cerebro de Nick porque nunca había tenido la necesidad de definir su relación con Tess. La convivencia con ella era estupenda. Era su mujer, la madre de su hijo y eran una familia.

—Ésta es la verdad.

La agarró con fuerza de la mano y la atrajo hacia sí para llevarla a la cama. Ella no podía negar lo que sentía en la cama.

—Nick...

El tono de angustia hizo que él la tomara en brazos y la mirara a los ojos, a unos ojos dominados por el miedo.

—Ésta es la verdad —declaró él apasionadamente porque sabía que ella no tenía nada que temer de él.

La tumbó entre los almohadones de satén dorado y marrón, le sujetó las piernas entre las de él y la agarró de las manos para que no se moviera mientras la miraba a los ojos para disipar cualquier duda que le producía ese temor.

—Lo que sientes conmigo y lo que siento contigo, la profunda sensación de unión. ¿Te había pasado antes con alguien, Tess?

Ella se mantuvo en un silencio desafiante. No estaba dispuesta a sucumbir ante él.

–No –respondió Nick–. Ni a ti ni a mí, porque sólo puede pasar si los sentimientos son mutuos y acaban en algo tan poderoso que tiene que ser único para los dos.

Nick se detuvo y se recompuso para decirle más verdades. Ella no se resistía. Nick podía notarla concentrada en lo que él decía, atenta a discernir el significado de cada palabra.

–La verdad es que dejaste que mi madre entrara en tu casa y acabara con la confianza que tenías en lo que compartíamos. Mi madre... que no veía la verdad ni aunque la tuviera delante de las narices.

–Quizá ella no vea la verdad, Nick, pero a mí me hizo ver la fecha –replicó ella con sequedad.

–No me casé contigo por dinero –aseguró él inflexiblemente.

–No. Te casaste conmigo porque yo era la única mujer que se te ocurrió que no se molestaría en tocar ni un céntimo de la fabulosa fortuna de Enrique Ramirez. La mujer que ya tenía dinero a espuertas...

–¡Basta! ¡Basta de rebajarte! Eres mi mujer porque eres la única mujer con la que puedo imaginar compartir una vida y tener un hijo. ¡No tiene nada que ver con el dinero!

–¡Quince de noviembre! –repitió ella con desesperación porque él se negaba a darle importancia a esa fecha.

–Fue el día en el que decidí que yo no llevaría la misma vida que mi padre. Él me rechazó en vida y yo lo rechazo una vez muerto. Yo soy yo, Tess, el hombre con el que te casaste. No soy mi madre, que se lleva todo lo que puede. No soy mi padre, que sólo pensaba en su placer sin preocuparse por las vidas que iba dejando detrás. Te quiero a ti y a nuestro hijo, nuestro matrimonio no tiene nada que ver con el dinero. Si no puedes sentirlo...

Clavó los ojos en los de ella en un intento de grabarle su verdad.

–Tienes que sentirlo...

Tess estaba muy quieta, como si absorbiera la pasión que se desprendía de Nick, profundamente conmovida aunque espantosamente insegura sobre cuánto de ese amor iba dirigido realmente a ella. Cuando él la besó en la boca para que ella lo sintiera, Tess no se resistió. Respondió con sus labios a cada embate, acompañó con su lengua los movimientos de la de él, recibió cada sensación erótica que él le envió y sintió que el deseo se adueñaba de todo su cuerpo. Se dijo que tenía que dejarse llevar.

Nick podría haberla elegido para demostrarse algo. Si no era por dinero, ella podía soportar ser la mujer que él había elegido. Según Nick, Zack y ella eran los beneficiarios de su decisión de ser padre de familia y no un conquistador.

Ella quería que él fuera el padre de su familia y eso implicaba mantener buenas relaciones sexuales y darlas sin pedir nada a cambio. Él le había dicho desde el principio que eso unía su matrimonio.

–Dime que lo sientes, Tess –le pidió Nick mientras se separaba para ver la reacción de los ojos de ella.

–Sí.

Él no podía estar tan firmemente decidido si el cariño no alimentaba unos sentimientos tan profundos. Su matrimonio era importante para él. Además, se dijo ella, el amor que sentía por Zack no podía deberse a la posibilidad de una herencia. El amor por su hijo era muy sincero.

El beso siguiente fue mucho más delicado y cariñoso, más seductor que exigente. Tess notó el amor. Él le soltó las manos. La necesidad de someterla a su voluntad dejó paso al deseo de gozar juntos. No había duda de la conexión física que Nick había invocado como argumento y que ella había sentido cada vez que hacían el amor.

Tess rodeó el cuello de Nick con los brazos y lo besó con todo el amor de su corazón para entregarse, para olvidarse de Nadia Condor y de los rastreros motivos que ella había presentado como creíbles y para que el quince de noviembre dejara de tener significado.

–Ésta es la verdad, Tess. Paladéala.

–Sí.

–Siéntela –repitió él mientras la besaba en el cuello.

Tess le pasó los dedos por el pelo y él fue descendiendo hasta besarle los pechos para que ella se sintiera voluptuosa, sexy, arrebatadoramente femenina e intensamente deseable. Tess pensó que era la mujer que él había elegido como esposa. Por aquello, no por dinero. Tenía que creerlo. Lo creía.

Nick siguió bajando, le besó y acarició el abdomen y el ombligo; le pasó eróticamente la lengua por la cicatriz de la cesárea, no, la pasó con reverencia, dando a entender lo mucho que valoraba el obsequio de su hijo. Del hijo de los dos.

Notó su verdad con cada uno de los sentidos cuando él cerró la boca sobre el clítoris y ella sintió una oleada de placer en cada rincón de su cuerpo. Gimió, gritó, lo agarró del pelo y tiró de él. Nick se irguió para responder al anhelo de ella, para responder

como había hecho siempre, entregándose desenfrena-
damente, plenamente. Cada embestida era el anuncio
del placer que se avecinaba.

Acabó como siempre acababa. Él la elevó a las
cotas más altas de placer mientras se derretía alrededor de él. Luego, Nick se concentró en su propio clímax mientras Tess se deleitaba con el cuerpo de él.

Eso, naturalmente, no tenía nada que ver con el
dinero. Era una verdad en sí misma, imposible de
comprar, imposible de simular, imposible de negar.
Era una verdad que la mantenía cálidamente satisfe-
cha en el abrazo de Nick, con la cabeza apoyada en
el hombro de él, con el brazo sobre el pecho de él,
con las piernas extendidas sobre las de él. Ella no
quería moverse. Estaba con su marido, con su amante
y, en la ilusión que anidaba en lo más profundo de su
corazón, con su alma gemela.

Nick no quiso decir nada. El pelo de Tess caía
descuidadamente por su hombro y su cálido aliento
le acariciaba la piel. La sensación de armonía entre
ellos no invitaba al conflicto, pero él no podía olvidarse de la angustia que su madre había causado a
Tess.

El quince de noviembre era una fecha significati-
va y había relación entre el paquete de Brasil y su decisión de intentar casarse con Tess. También era verdad que no tenía nada que ver con la herencia de
Ramírez, que a él siempre le parecería un dinero su-
cio.

Sin embargo, no había sido completamente sincero con Tess. Si había aceptado el reto de su padre, no
había sido para demostrar que Enrique estaba equivocado. A esas alturas, él ya había desdeñado la opi-

icó Betty–, pero como está en el jardín con el
...
Estaba enseñando a nadar a Zack, y el niño se ma-
ba en el agua como un renacuajo. El hijo y el pa-
que tanto lo amaba... ¿Era tan importante que
no la amara y se hubiera casado con ella por...?
qué? Tess apretó los dientes. No lo sabía, pero
enterarse.
Has hecho bien en venir a decírmelo antes de ir
scar a Nick. Llévale ahora la tarjeta mientras yo
a saludar al señor Estes.
Betty sonrió y asintió con la cabeza.
Pensé que tenía que ser alguien muy importante
e no podía hacerle esperar mientras yo iba hasta
scina...
Perfecto, gracias.
Nick tardaría por lo menos quince minutos en
larse correctamente, como haría sin duda para
der al visitante. Tess no tenía ningún problema
cibirlo tal y como estaba, con pantalones de ante
a camisa de rayas azules y blancas.
a sala era una de las habitaciones que ya había
rado. Había comprado todo en subastas y se ha-
uedado muy contenta. Sin embargo, el abogado
leño no estaba admirando los muebles, ni siquie-
había sentado. Estaba junto al ventanal admi-
o el puerto de Sidney.
Señor Estes...
se dio la vuelta y Tess comprendió la impre-
que había causado en Betty. Era alto, con una
lera blanca y un rostro oliváceo que le daban un
ristocrático y autoritario. Sus hombros no deno-
el peso de la edad, aunque Tess calculó, a juz-
or la arrugas de las mejillas, que rondaría los se-
años. Iba perfectamente vestido con un traje

nión de que estaba siguiendo el mismo camino que
su padre. No tenía que corregir nada. Lo que había
influido había sido la posibilidad de conocer a sus
dos hermanastros. A su única familia directa.

Sin embargo, eso tampoco era verdad ya. Dejó de
serlo cuando Tess le habló de Zack y su vida dio un
giro distinto. El giro de la paternidad. Además, la paternidad tenía preferencia sobre los hermanastros. Tenía una familia con Tess y Zack y eso era maravilloso. Nick haría cualquier cosa para protegerla.

Lo más curioso era que él no había vuelto a acordarse del reto de Enrique desde que Tess le enseñó a
Zack y, sin embargo, Nick empezaba a darse cuenta
de que el conquistador brasileño había acabado comprendiendo cuál era la mejor vida. En la carta le decía: *encuentra una mujer con la que vivas feliz, una
mujer con la que quieras tener hijos...*

Era el consejo de un padre y Nick se había burlado de él.

Sin embargo, en ese momento, se preguntaba si la
carta, el reto, no era fruto del verdadero cariño; un
cúmulo de arrepentimientos de toda una vida que él
quería transmitir a su hijo; un último intento de hacer
el bien para compensar el daño que había hecho.

Tess suspiró y Nick la estrechó contra sí y la besó
en la cabeza.

–¿Estás bien conmigo, Tess? –le preguntó con la
esperanza de que no quedara nada del veneno que su
madre la había metido en el corazón.

–Mmm... –parecía un murmullo de felicidad.

–¿Te sientes bien? –él sonrió con confianza.

–El sexo ha estado bien –contestó ella con otro
suspiro.

A él se le borró la sonrisa aunque el comentario
no tenía nada de malo. El sexo siempre había estado

bien con ella. Él siempre había dicho que su relación era fantástica.

Entonces, ¿por qué se sentía insatisfecho porque ella pensara que esa noche él sólo le había proporcionado ese placer? Se encontró deseando con toda su alma que ella hubiera dicho otra cosa. ¿Qué? ¿Qué quería él de ella?

Empezaba a no ser razonable. Había conseguido lo que se había propuesto. Tess se había olvidado de las suposiciones malintencionadas de su madre y habían terminado bien el día. Juntos. Como tenían que estar.

Ca

TESS estaba observando cóm
cortinas verde manzana en el
un emoción muy profunda. Es
a convertirse en el hogar de ellos. N
ción de bienes materiales, sino un
sería agradable, armónico y cómodo

Ella no esperaba visitas. Era sáb
na y no era un momento para que
die, sobre todo, sin cita previa. L
Betty Parker, la recién contratada a
trara en el comedor y le diera una ta

—He pasado al caballero a la sala

El caballero... Esa expresión an
respetuoso de la voz de su ama de
curiosidad de Tess. La eficiente Be
y tantos años y una visión de la vi
Evidentemente, estaba muy impresi
tante. Tess miró la tarjeta. La im
sangre.

Era Javier Estes, un abogado co
de Janeiro.

Sólo podía haber una relación:
Ramirez en Brasil. ¿Por qué volarí
ta Sidney si no era por una herencia

Si se trataba de dinero, Nick le
—El señor Estes me pidió ver al

gris de seda. Transmitía sensación de riqueza y, sin duda, representaba riqueza. Si ella no hubiera estado toda la vida rodeada de riqueza, podría haberse sentido intimidada por él. Sin embargo, su sola visión le hacía rechazar violentamente lo que hubiera ido a llevar a su casa.

Por unos instantes, pareció como si él la mirara penetrantemente y las gafas que llevaba impidieron que Tess pudiera descifrar claramente su expresión. Sin embargo, él esbozó una sonrisa demoledora y la llamó por su nombre como si le pareciera encantador.

—Tessa Steele...

—Tessa Steele Ramirez —puntualizó ella mientras avanzaba para ofrecerle la mano.

—Naturalmente —él hizo un elegante gesto con las manos—. Me parece curioso que el hijo de Enrique haya elegido como esposa a una Steele cuando ha habido algunos... digamos... malentendidos escandalosos...

—Eso no fue culpa de Nick ni mía —declaró ella categóricamente mientras sentía cierto alivio por oír que Nick la había elegido.

—Lo cual hace que sean dos personas muy individualistas —señaló él mientras miraba la melena de ella—. Es usted extremadamente hermosa —tomó la mano de ella con un brillo de apreciación en los ojos—. Ya entiendo por qué se pueden dejar a un lado muchas cosas con una mujer como usted.

—Muchas cosas pueden dejarse a un lado porque Nick es como es, señor Estes —replicó Tess—. Sin embargo, vayamos al motivo que le ha traído desde Brasil —Tess se soltó la mano y señaló los sofás—. ¿Nos sentamos?

—Yo estaba esperando a su marido.

—No tardará. Mientras...

Ella fue a sentarse con la esperanza de que él la siguiera, pero se quedó junto al ventanal. Tess tenía la sensación de que él la observaba con atención, como si se diera respuestas a preguntas que tenía en la cabeza. Parecía como si corroborara la teoría de Nadia Condor de que el matrimonio de Nick con ella tenía que ver con la herencia de su padre.

—Al ser abogado y venir de Río de Janeiro, supongo que su visita tiene algo que ver con el testamento de Enrique Ramirez, señor Estes.

—Soy el albacea testamentario –reconoció él–. Enrique me encomendó que juzgara si los mandatos se han cumplido tanto en su espíritu como en su letra.

—¿Los mandatos...? –preguntó Tess extrañada por la expresión.

—¿No conoce las condiciones de la herencia de su marido? –preguntó él a su vez con una ceja arqueada.

¡Era el motivo para que Nick quisiera casarse con ella!

—Dado que no sabía que hubiera una herencia, difícilmente podía saber que hubiera unas condiciones –espetó ella con un tono de orgullo ofendido–. No me he casado por dinero, señor Estes.

Él hizo un gesto irónico y burlón.

—No creo que para usted tenga importancia, pero, efectivamente, hay una herencia en juego...

—¡No hay nada!

Las palabras resonaron como un estampido mientras Nick irrumpía en la habitación vestido sólo con un albornoz blanco medio abierto al llevar al cinturón suelto.

Zack, seguramente desnudo, iba envuelto en una toalla y en brazos de su padre.

—¡Salga de mi casa!

nión de que estaba siguiendo el mismo camino que su padre. No tenía que corregir nada. Lo que había influido había sido la posibilidad de conocer a sus dos hermanastros. A su única familia directa.

Sin embargo, eso tampoco era verdad ya. Dejó de serlo cuando Tess le habló de Zack y su vida dio un giro distinto. El giro de la paternidad. Además, la paternidad tenía preferencia sobre los hermanastros. Tenía una familia con Tess y Zack y eso era maravilloso. Nick haría cualquier cosa para protegerla.

Lo más curioso era que él no había vuelto a acordarse del reto de Enrique desde que Tess le enseñó a Zack y, sin embargo, Nick empezaba a darse cuenta de que el conquistador brasileño había acabado comprendiendo cuál era la mejor vida. En la carta le decía: *encuentra una mujer con la que vivas feliz, una mujer con la que quieras tener hijos...*

Era el consejo de un padre y Nick se había burlado de él.

Sin embargo, en ese momento, se preguntaba si la carta, el reto, no era fruto del verdadero cariño; un cúmulo de arrepentimientos de toda una vida que él quería transmitir a su hijo; un último intento de hacer el bien para compensar el daño que había hecho.

Tess suspiró y Nick la estrechó contra sí y la besó en la cabeza.

–¿Estás bien conmigo, Tess? –le preguntó con la esperanza de que no quedara nada del veneno que su madre la había metido en el corazón.

–Mmm... –parecía un murmullo de felicidad.

–¿Te sientes bien? –él sonrió con confianza.

–El sexo ha estado bien –contestó ella con otro suspiro.

A él se le borró la sonrisa aunque el comentario no tenía nada de malo. El sexo siempre había estado bien con ella. Él siempre había dicho que su relación era fantástica.

Entonces, ¿por qué se sentía insatisfecho porque ella pensara que esa noche él sólo le había proporcionado ese placer? Se encontró deseando con toda su alma que ella hubiera dicho otra cosa. ¿Qué? ¿Qué quería él de ella?

Empezaba a no ser razonable. Había conseguido lo que se había propuesto. Tess se había olvidado de las suposiciones malintencionadas de su madre y habían terminado bien el día. Juntos. Como tenían que estar.

Capítulo 13

TESS estaba observando cómo colocaban las cortinas verde manzana en el comedor y sintió un emoción muy profunda. Esa casa empezaba a convertirse en el hogar de ellos. No era una exhibición de bienes materiales, sino un lugar que pronto sería agradable, armónico y cómodo.

Ella no esperaba visitas. Era sábado por la mañana y no era un momento para que se presentara nadie, sobre todo, sin cita previa. La sorprendió que Betty Parker, la recién contratada ama de llaves, entrara en el comedor y le diera una tarjeta.

–He pasado al caballero a la sala, señora Ramirez.

El caballero... Esa expresión anticuada y el tono respetuoso de la voz de su ama de llaves picaron la curiosidad de Tess. La eficiente Betty tenía cuarenta y tantos años y una visión de la vida muy moderna. Evidentemente, estaba muy impresionada por el visitante. Tess miró la tarjeta. La impresión le heló la sangre.

Era Javier Estes, un abogado con dirección en Río de Janeiro.

Sólo podía haber una relación: las posesiones de Ramirez en Brasil. ¿Por qué volaría un abogado hasta Sidney si no era por una herencia?

Si se trataba de dinero, Nick le había mentido.

–El señor Estes me pidió ver al señor Ramirez –le

explicó Betty–, pero como está en el jardín con el niño...

Estaba enseñando a nadar a Zack, y el niño se manejaba en el agua como un renacuajo. El hijo y el padre que tanto lo amaba... ¿Era tan importante que Nick no la amara y se hubiera casado con ella por...? ¿Por qué? Tess apretó los dientes. No lo sabía, pero iba a enterarse.

–Has hecho bien en venir a decírmelo antes de ir a buscar a Nick. Llévale ahora la tarjeta mientras yo voy a saludar al señor Estes.

Betty sonrió y asintió con la cabeza.

–Pensé que tenía que ser alguien muy importante y que no podía hacerle esperar mientras yo iba hasta la piscina...

–Perfecto, gracias.

Nick tardaría por lo menos quince minutos en arreglarse correctamente, como haría sin duda para atender al visitante. Tess no tenía ningún problema en recibirlo tal y como estaba, con pantalones de ante y una camisa de rayas azules y blancas.

La sala era una de las habitaciones que ya había decorado. Había comprado todo en subastas y se había quedado muy contenta. Sin embargo, el abogado brasileño no estaba admirando los muebles, ni siquiera se había sentado. Estaba junto al ventanal admirando el puerto de Sidney.

–Señor Estes...

Él se dio la vuelta y Tess comprendió la impresión que había causado en Betty. Era alto, con una cabellera blanca y un rostro oliváceo que le daban un aire aristocrático y autoritario. Sus hombros no denotaban el peso de la edad, aunque Tess calculó, a juzgar por la arrugas de las mejillas, que rondaría los setenta años. Iba perfectamente vestido con un traje gris de seda. Transmitía sensación de riqueza y, sin duda, representaba riqueza. Si ella no hubiera estado toda la vida rodeada de riqueza, podría haberse sentido intimidada por él. Sin embargo, su sola visión le hacía rechazar violentamente lo que hubiera ido a llevar a su casa.

Por unos instantes, pareció como si él la mirara penetrantemente y las gafas que llevaba impidieron que Tess pudiera descifrar claramente su expresión. Sin embargo, él esbozó una sonrisa demoledora y la llamó por su nombre como si le pareciera encantador.

–Tessa Steele...

–Tessa Steele Ramirez –puntualizó ella mientras avanzaba para ofrecerle la mano.

–Naturalmente –él hizo un elegante gesto con las manos–. Me parece curioso que el hijo de Enrique haya elegido como esposa a una Steele cuando ha habido algunos... digamos... malentendidos escandalosos...

–Eso no fue culpa de Nick ni mía –declaró ella categóricamente mientras sentía cierto alivio por oír que Nick la había elegido.

–Lo cual hace que sean dos personas muy individualistas –señaló él mientras miraba la melena de ella–. Es usted extremadamente hermosa –tomó la mano de ella con un brillo de apreciación en los ojos–. Ya entiendo por qué se pueden dejar a un lado muchas cosas con una mujer como usted.

–Muchas cosas pueden dejarse a un lado porque Nick es como es, señor Estes –replicó Tess–. Sin embargo, vayamos al motivo que le ha traído desde Brasil –Tess se soltó la mano y señaló los sofás–. ¿Nos sentamos?

–Yo estaba esperando a su marido.

–No tardará. Mientras...

Ella fue a sentarse con la esperanza de que él la siguiera, pero se quedó junto al ventanal. Tess tenía la sensación de que él la observaba con atención, como si se diera respuestas a preguntas que tenía en la cabeza. Parecía como si corroborara la teoría de Nadia Condor de que el matrimonio de Nick con ella tenía que ver con la herencia de su padre.

—Al ser abogado y venir de Río de Janeiro, supongo que su visita tiene algo que ver con el testamento de Enrique Ramirez, señor Estes.

—Soy el albacea testamentario —reconoció él—. Enrique me encomendó que juzgara si los mandatos se han cumplido tanto en su espíritu como en su letra.

—¿Los mandatos...? —preguntó Tess extrañada por la expresión.

—¿No conoce las condiciones de la herencia de su marido? —preguntó él a su vez con una ceja arqueada.

¡Era el motivo para que Nick quisiera casarse con ella!

—Dado que no sabía que hubiera una herencia, difícilmente podía saber que hubiera unas condiciones —espetó ella con un tono de orgullo ofendido—. No me he casado por dinero, señor Estes.

Él hizo un gesto irónico y burlón.

—No creo que para usted tenga importancia, pero, efectivamente, hay una herencia en juego...

—¡No hay nada!

Las palabras resonaron como un estampido mientras Nick irrumpía en la habitación vestido sólo con un albornoz blanco medio abierto al llevar al cinturón suelto.

Zack, seguramente desnudo, iba envuelto en una toalla y en brazos de su padre.

—¡Salga de mi casa!

–¡Nick! –Tess se levantó de un salto ante la falta de educación de su marido.

Él la miró con unos ojos gélidos dispuesto a que ella no interviniera.

–No te metas, Tess. Este hombre no tiene nada que hacer aquí. Nadie lo ha invitado a venir. No es bien recibido. Es parte de lo que Enrique Ramirez me negó cuando yo tenía dieciocho años.

–He venido a entregar algo –objetó el abogado.

–No lo quiero. No quise nada de lo que mi padre me negó cuando él estaba vivo y no quiero nada cuando está muerto. Si usted ha supuesto que yo lo aceptaría, estaba muy equivocado.

–Usted ha cumplido las condiciones.

–No para beneficiarme de la fortuna de Ramirez –lo afirmó con una rotundidad irrebatible.

–Puedo darle la tercera parte...

–¡No!

El brasileño señaló a Zack.

–Usted tiene un hijo, el nieto de Enrique.

–No meta a mi hijo en esto.

–¿Por qué iba usted a negarle su herencia?

–Porque la única herencia que importa es la de su madre y la mía –Nick pasó el brazo que tenía libre por los hombros de Tess–. Tess y yo vamos a criar a nuestro hijo a nuestra manera. Para que valore lo que valoramos nosotros y eso es quererlo y estar siempre junto a él. Zack no necesita nada de Enrique Ramirez.

Tess sintió la orgullosa independencia que brotaba de Nick y que la incluía a ella como parte esencial de lo que quería en su vida.

Desde el principio, Nick le había propuesto formar una sociedad. No tenía nada que ver con conseguir una herencia. Se trataba de compartir lo que ellos creían que era importante para su hijo. Además, también compartían placenteramente una cama. No era todo lo que ella quería, pero... la angustia que sentía al entrar en esa habitación se había esfumado. Nick no le había mentido.

El abogado no se inmutó por la vehemente reacción de Nick. Miraba complacido la familia que tenía delante y pasó unos segundos sopesando lo que acababa de oír.

–¿Cree que usted no le importaba a Enrique? –preguntó Javier Estes sin alterarse.

–Recuerdo muy bien mi encuentro con él en Río de Janeiro –contestó Nick con sorna–. Se podría decir que lo tengo grabado a fuego en mi mente.

–Como lo estaba en la de Enrique –replicó el abogado con tranquilidad–. ¿Por qué cree que pagó para que lo tuvieran informado sobre usted durante los últimos dieciséis años?

¿Sabía Nick que habían estado vigilándolo? A Tess le pareció que la mera idea era espantosa, pero Nick no pareció sorprenderse.

–¿Por qué cree que escribió esa carta para usted antes de morir? –siguió el abogado–. ¿Por qué cree que le encomendó esa tarea con la esperanza de que no llevara una vida que él sabía que era de placeres vacíos, sino la que lleva ahora? –miró a Tess y a Zack.

Tess se quedó con la palabra «carta». ¿La recibió el quince de noviembre con el paquete de Brasil? ¿Casarse y formar una familia era una condición para...? Sin embargo, ¿por qué iba a hacerlo si no quería la herencia? No tenía sentido.

Nick la estrechó contra sí.

–Lo que tengo ahora, se lo debo a Tess; a ella como persona y a lo que ella me ha dado.

El anciano sonrió y asintió con la cabeza.

–Compruebo que el compromiso entre los dos es sincero. Enrique estaría muy contento.

Nick lo desdeñó con un gesto de la mano.

–No me he casado con Tess para complacer a mi padre.

–¿Va a negarme que su carta le hizo plantearse el matrimonio? Hay cierta... coincidencia en el momento elegido...

Tess pensó que, efectivamente, la había. Como le había hecho ver Nadia Condor con un resultado desolador.

–Sí –reconoció Nick cortantemente–, pero mi matrimonio con Tess sigue sin tener nada que ver con las condiciones de Enrique para heredar lo que sea.

–La herencia... –el abogado hizo un gesto con las dos manos para indicar que era irrelevante–. Enrique la utilizó como un medio para que usted se replanteara su vida. Funcionó, ¿no?

Nick siseó entre dientes. Estaba furioso por esa manipulación después de muerto, pero Tess pensó que no le había hecho ningún daño. Aunque se hubiera planteado el matrimonio con ella como una forma de rebelarse contra su padre, el resultado era que estaban juntos y Nick lo valoraba lo suficiente como para protegerlo con uñas y dientes.

–En realidad, usted plantó las semillas del cariño al enfrentarse a Enrique cuando tenía dieciocho años –siguió el abogado–. Él no podría haber reconocido la existencia de usted sin haber destrozado las poderosas conexiones que habían formado el armazón de su vida, pero su mujer no le había dado hijos, sólo dos hijas enfermizas. Le dolió mucho rechazarlo a usted.

–¡Qué pena! –se burló Nick–. Perdóneme, pero no

me impresiona que mi valor a sus ojos aumentara porque mi padre no pudiera tener hijos varones, legítimos...

—El verlo a usted cara a cara fue lo que hizo que le importara. El joven que usted era a los dieciocho años. Usted hizo que quisiera conocerlo. Con el paso de los años, cuando su mujer murió de leucemia y sus hijas también fallecieron de otras dolencias, Enrique fue obsesionándose con usted.

—Tampoco me impresiona que me espiara —replicó Nick con firmeza—. Si sigue haciendo eso, retire a sus sabuesos, Estes, porque...

—También vigiló las vidas de sus dos hermanastros, a quienes buscó después de que lo rechazara a usted.

¿Hermanastros? Tess estaba atónita ante lo que acababa de desvelar el abogado.

—¿Los conoció? —Nick lo exclamó como si hubiera sido una erupción de ira—. ¿Los reconoció como hijos?

—No —Estes sacudió la cabeza con tristeza—. Sus vidas hicieron que a Enrique le pareciera más prudencial no revelarles nada.

—¡Vamos! —Nick quiso transmitir su incredulidad ante cualquier sensibilidad de su padre—. Ellos le habrían estorbado tanto como yo. Era mucho más cómodo evitar cualquier contacto hasta que estuviera muerto.

—Quizá sea verdad, pero los tres le importaban lo suficiente como para ofrecerles la posibilidad de conocerse... si eso era lo que querían.

—¿Ofrecernos? Las ofertas no tienen condiciones, Estes.

—Cada condición estaba ideada para el bien de cada hijo.

–¿Cada condición? –Nick estalló–. ¿Cada condición?

Zack decidió que tenía que estar a la altura de su padre y dejó escapar un alarido. Ni un niño de cuatro meses era inmune a la tensión. Tess lo tomó en brazos. Nick no podía consolarlo cuando toda su energía estaba concentrada en devolver al albacea del testamento de Enrique Ramirez al mundo del que había llegado, un mundo que Nick rechazaba con todas sus fuerzas.

–Tess, será mejor que te lleves a Zack.

–No –ella apoyó la cabeza de Zack en el hombro y le acarició la mejilla–. Sea lo que sea lo que esté pasando aquí, estaremos juntos –insistió ella con firmeza.

No estaba dispuesta a quedarse sin una información que podría explicarle mucho de lo que Nick pensaba y sentía.

Nick tomó aire y volvió a mirar al abogado.

–¿Está diciéndome que para conocer a mis hermanastros ellos tienen que cumplir las condiciones impuestas por mi padre antes de su muerte? –le preguntó Nick con un tono desafiante.

–Efectivamente.

–¿No existe la posibilidad de que los conozca aunque yo haya cumplido mi parte en la fantasía de mi padre?

–Cada uno de ustedes tiene que ganarse el derecho...

–¡El derecho! ¿No se da cuenta de lo repugnante que es? ¡No somos sus hijos, somos sus monos de feria! –se acercó al señor Estes–. Y usted es el director de la feria. Está divirtiéndose, ¿verdad? Se divierte comprobando que lo hijos bastardos de Enrique Ramirez se someten a él y además les da una recompensa por ser unos monos buenos...

–Le aseguro que ése no es el objetivo. Eran cuestiones relacionadas con la forma de vida...

–¡Son mis hermanos! ¡Llevan mi sangre! Permítales que me rechacen si quieren, pero Enrique no tenía derecho a mantenernos separados y sin saber que existíamos. Somos hombres con el derecho a elegir por nosotros mismos.

–¿No cree que se sentirán más hermanos si cada uno de ustedes tiene que cumplir una condición para conocerse? –replicó el abogado.

–Dígalo como quiera –Nick estaba a un metro escaso del brasileño–, pero sigue siendo un abuso de poder repugnante y yo no voy a participar. No necesito nada de lo que Enrique pudiera darme. Ya tengo mi familia –Nick retrocedió y levantó la mano cuando comprobó que el abogado iba a hablar–. ¡Basta! Llévese a sus sabuesos. Vuelva a Brasil. No hay nada de qué hablar. ¡Se acabó!

Nick dio la espalda al señor Estes, fue hasta donde estaba Tess y tomó a Zack en brazos.

–Me lo llevo otra vez a la piscina, Tess. Si quieres acompañar a este señor hasta la puerta, puedes hacerlo, si no, dile a Betty que lo haga. No suelo tener consideraciones con directores de ferias.

Tess asintió con la cabeza, se daba cuenta de lo alterado que estaba. Se acordó perfectamente de cuando ella le dijo que su padre la había acompañado durante el nacimiento de Zack. Desbarató su sentido de la rectitud, como había ocurrido en ese momento.

Los lazos de sangre... estar alejado del nacimiento de su hijo... mantenerlo alejado de sus hermanos...

Lo vio marcharse con su hijo. Su marcha provocó un silencio tenso. Javier Estes no se movió, ni siquiera hizo el ademán. Parecía pegado al suelo. Quizá estuviera planteándose su papel como albacea de un testamento que consideraba a las personas como marionetas que se podían manipular al antojo de uno.

–Es un asunto triste –susurró él al cabo de unos instantes.

–Una oferta que podía haber sido magnífica, señor Estes –le replicó Tess sin perder la calma–. Algo ofrecido sin condiciones...

–¿Cuándo se ha valorado algo que se ofrece sin dar nada a cambio? –Estes sacudió la cabeza–. Parecía que él estaba cumpliendo las condiciones...

–¿Cuáles eran las condiciones? –Tess estaba decidida a saber la verdad.

–Que encontrara una mujer a la que amara, que se casara con ella, que tuviera un hijo y formara una familia... que dejara de ir de mujer en mujer sin ningún objetivo... –el abogado hizo un gesto de súplica–. ¿No es un buen consejo? ¿No indica que un padre se preocupa por uno?

Una mujer a la que amara... Al parecer, los sabuesos no se habían enterado de que ella ya había tenido al hijo de Nick y de que su matrimonio estaba basado en el amor por su hijo, no en el amor mutuo.

–He venido porque él no se puso en contacto conmigo –le explicó el abogado con contrariedad–. Los otros dos sí lo han hecho. Es lo normal.

–¿Los otros hermanos?

–Sí. Además, ya se ha fijado la fecha del encuentro.

–¿Han cumplido con sus condiciones?

–No estoy autorizado para decirlo –contestó él con el ceño fruncido.

–Pero se ha fijado una fecha –insistió ella.

–El catorce de febrero a las cuatro de la tarde en mi despacho –cedió Estes.

–¿En Río de Janeiro?

–Claro. Hay que hacer el reparto.

–Nick no va a cambiar de opinión sobre la herencia –Tess lo dijo con tono burlón.

–No ha olvidado ni perdonado el rechazo que sufrió a los dieciocho años... Es una triste paradoja que fuera él quien impresionara tanto a Enrique Ramirez y que sea quien no vaya a llevarse nada de él, ¿no le parece? –el abogado suspiró.

–Quizá los otros hermanos no tuvieran una vida tan difícil. A Nick y a mí nos enoja tener que pagar un precio por algo que debería ser un derecho natural por ser personas. Tenemos que librarnos de eso o, al menos, limitar los daños.

Estes esbozó una leve sonrisa y, en sus ojos, Tess captó lo que le pareció un brillo de admiración.

–Usted le entiende a él.

–Yo lo amo –le aclaró ella.

Estes asintió lentamente con la cabeza.

–Lamento no poder quebrantar las condiciones del testamento. Yo no puedo presentarle a sus hermanos. Si lo ama, Tessa Steele Ramirez, usted no permitirá que no los conozca. Usted sabe el día y la hora de la cita...

Sin embargo, ella no había dicho que Nick también la amara...

Acompañó al abogado hasta la puerta de la casa, vio cómo se marchaba y luego volvió a entrar en el hogar que Nick les había regalado mientras repasaba todos los pasos que habían dado para llegar a ese punto.

Su matrimonio no tenía nada que ver con una herencia. Nadia Condor se había equivocado completamente. Sin embargo, ¿Nick habría empezado ese camino con ella para conocer a sus hermanos? ¿Habría cambiado el destino del camino? Si era así, ¿cuándo y por qué lo había cambiado?

Tess veía una balanza con ella y Zack en un lado y los hermanos de Nick en el otro. Esa mañana el peso se había inclinado claramente del lado de ella, pero eso no le daba la sensación de victoria.

Capítulo 14

NICK se sentía demasiado furioso, demasiado desnudo, demasiado desvalido como para estar cerca de Tess. Tampoco estaba suficientemente sosegado como para cuidar de su hijo. No hacía bien al utilizar a su hijo como cortina contra el resquemor que sentía por la actitud que había tenido su padre con él y sus hermanos. No les había dado nada más que la vida, ni siquiera les había dado la oportunidad de conocerse. Tenía que superarlo por sus medios, solo, avanzar hacia el futuro.

Buscó a Carol Tunny, la niñera que ya era como una más de la familia, y la encontró en el cuarto de Zack, donde su hijo debería estar echando la siesta matinal. Lo dejó al cuidado de ella y decidió que necesitaba alguna tarea física que lo librara de ese desasosiego.

Fue hacia el cobertizo que había a la orilla del mar y dejó el albornoz junto a la piscina. Decidió limpiar de lapas la quilla de su velero, justo lo que necesitaba para recuperar el dominio de sí mismo. Llevaba una hora cuando apareció Tess. Dejó de trabajar y la miró. Seguramente, ella tendría algo rondándole la cabeza después de la visita del abogado brasileño, aunque él había rebatido cualquier sospecha sobre su interés por la herencia en relación con su matrimonio. Sin embargo, tuvo la sensación de que las barreras seguían en pie.

Ella parecía tan tranquila y dueña de sí misma como cuando trabajaban juntos y comentaban quién era la persona adecuada para algún trabajo. Iba conjuntada, pero no sexy, su maquillaje era mínimo y llevaba la melena recogida en una cola de caballo por el calor, aunque se le escapaban algunos mechones muy provocativos.

Para fastidio de Nick, no era eso sólo lo que recordaba a tiempos pasados. Era su expresión de estar en guardia, era la cautela que acertaba el maravilloso azul de sus ojos. La intimidad de su matrimonio tendría que haber cambiado todo eso. Los sentimientos de agresividad que había intentado sofocar con el trabajo se tornaron en desesperación al comprobar que Tess seguía sin confiar en él.

–Un trabajo arduo con tanto calor –Tess miró su pecho sudoroso, pero no llegó a mirar su breve traje de baño sino que miró la nevera que había en el cobertizo–. ¿Quieres una bebida fría? –le preguntó mientras se dirigía a por ella.

Estaba nerviosa por él y Nick lo detestaba.

–Sí, gracias –contestó él intentando parecer sereno–. Entiendo que has despedido al señor Estes.

–Sí, se ha ido –replicó ella lacónicamente.

–Y quieres hablar del asunto,

–Sí –Tess abrió la tapa de la nevera y miró dentro.

Por lo menos, esa vez estaba siendo franca, se dijo Nick mientras se lavaba con agua y jabón la cara, los brazos y el pecho. Estaba secándose con una toalla cuando Tess le dio una botella de agua mineral. Él la agarró de la muñeca para retenerla junto a él.

–Nunca he querido la herencia, Tess.

La miró a los ojos como si quisiera grabarle eso en el cerebro y que nunca volviera ser motivo de duda. Ella clavó la mirada en la mano que la sujetaba.

–Pero tenías otros planes, Nick –afirmó ella con calma–. Cuando me pediste que me casara contigo, estabas pensando en conocer a tus hermanos.

–¿Sí...?

Ella levantó los ojos desafiantemente y él aceptó el desafío.

–Quizá los utilizara como excusa para ir a por lo que quería contigo, Tess.

Ella frunció el ceño y lo miró con ojos que suplicaban saber la verdad, sin adornos.

–El quince de noviembre –le recordó ella.

La verdad... Qué difícil era decirla, incluso inspirar la confianza que él sabía que era esencial en su nueva vida. Sin embargo, no tenía otra alternativa, ya no existía ninguna táctica de despiste que lo dejara menos expuesto a ella, no podía ocultar las carencias que había sufrido a pesar de estar rodeado de todas las riquezas materiales a su disposición. Sólo servía la verdad.

Nick dejó la toalla y abrazó a Tess mientras pensaba en la mejor forma de que ella lo entendiera.

–Tú tienes una familia. Es posible que no haya funcionado como tal, pero has conocido a todos sus integrantes. Sabes cómo son, sabes su procedencia y puedes tratar libremente con ellos, tanto con la parte de tu madre como la de tu padre.

Ella estiró la espalda con los músculos en tensión. Nick no supo si era por impaciencia o por rechazo, pero ella no estaba cómoda con la conversación sobre su familia.

–Eso no quiere decir que no estuvieras sola casi todo el tiempo, Tess –insistió él–. Eso ya lo sé.

Ella dejó escapar un leve suspiro y se relajó, pero no dijo nada.

–El paquete de Brasil... me enteré de que tenía

dos hermanos ilegítimos, como yo, uno en Estados Unidos y el otro en Gran Bretaña... también me decía que no los conocería hasta que el abogado que administra la fortuna de Ramírez no estuviera convencido de que yo había superado el desafío de mi padre... de repente, tuve una familia, Tess. Ya no estaba solo. Había otros dos hombres con mi sangre.

—Me doy cuenta de que eso tiene que ser importante para ti, Nick —susurró ella.

—Me sentí como un corredor de fondo que había hecho solo la carrera, sin saber que tenía unos hermanos en esa carrera. Pensé que el canalla de mi padre me los había ocultado mientras vivía, pero yo no estaba dispuesto a que me los ocultara una vez muerto.

—Ni tienes por qué —Tess lo miró directamente—. Por eso he venido.

—No, Tess. No quiero que Enrique siga manejando los hilos que me mueven a mí o a mis hermanos. Tampoco quiero que su sombra sobrevuele siempre nuestra vida en común.

—Pero...

Él le puso un dedo en los labios.

—No. Escúchame —le tomó la cara entre las manos—. Tú crees que me he embarcado en este viaje contigo por el paquete de Brasil. Efectivamente, fue el desencadenante que me puso en movimiento, pero cuando leí el reto de mi padre, sólo pensé en ti. Cuando se me despertaron las ganas de conocer a mis hermanos, pensé en ti. Nunca dudé sobre a quién le pediría matrimonio.

—Me diste muchos motivos lógicos —le recordó ella.

—Ser razonable encajaba mejor con mi fama de cínico, pero no había ningún motivo en los sentimientos tan fuertes que me provocabas y, desde luego, cualquier razonamiento se esfumó en cuanto me hablaste de Zack.

Ella lo miró sin acabar de creerse lo que él estaba diciéndole.

—Seguro que entiendes que todo cambió aquella noche en que me dijiste que eras la madre de nuestro hijo. Me diste los lazos más íntimos que puedo tener. Yo no soy como mi padre, Tess. Yo no voy a largarme. Nunca abandonaré lo que tenemos juntos ni lo que podemos dar a nuestros hijos.

Tess notó el dolor que escondían aquellas palabras, el vacío de una vida que había tenido más de rechazo que de vínculos. Se dio cuenta de que el único vínculo que había tenido, su madre, nunca le había inspirado confianza, sino lo contrario. Lo cual explicaba por qué había tratado a las mujeres de aquella forma.

Él no confiaba. Aunque para cumplir con las condiciones de su padre, tenía que confiar los suficiente en una mujer como para tener un hijo con ella. Él la había elegido sin dudarlo. Fuera una elección intuitiva o no, era el mejor halago que él podía dedicar a una mujer y se lo había dedicado a ella.

Ella había estado con los puños cerrados sobre el pecho de él, como si así se defendiera del magnetismo sexual que él podría utilizar para hacerle olvidar el motivo que la había llevado allí. Sin embargo, le resultó imposible no abrir las manos y extenderlas sobre el corazón de Nick. Su propio corazón rebosaba de amor por el niño que había estado tan solo como ella, aunque a ella su padre no la rechazara, y por el hombre que había roto su orgulloso aislamiento para casarse con ella con la intención de formar su familia.

–Gracias por confiar en mí, Nick –susurró ella mientras le acariciaba los poderosos músculos–. Gracias por explicarme la verdad de todo. Me importa mucho.

Ella supo instintivamente que él se alejaría de ella si no le mostraba su confianza en él. Era el momento de fraguar una intimidad que no habían alcanzado antes.

–Siento haberle hecho caso a tu madre. Evocó cosas que habían dominado mi vida. Aunque intenté dejarlas a un lado, necesitaba que tú lo hicieras por mí, que hicieras que me sintiera en mi sitio contigo.

–¿Lo he conseguido? –le preguntó él con impaciencia.

–Sí –contestó ella con rotundidad.

–¡Perfecto! Por que yo me siento en mi sitio contigo, Tess. Sea el sitio que sea.

Sería muy fácil deleitarse con esa situación, retenerlo para sí misma y no permitir que nadie entrara en ese sitio, pero Tess sabía que nunca se sentiría bien si lo hiciera. El amor era entregar, no recibir. Nick quería conocer a sus hermanos. Él podría haber acabado con ella y Zack en cualquier caso, pero gracias a sus hermanos había llegado antes, y Zack tenía un padre y ella un marido hasta que la muerte... Nick se había comprometido. Nunca se marcharía. Ella ya estaba segura.

–¿Crees que está bien negarte a ver a tus hermanos cuando ellos han cumplido las condiciones de tu padre para conocerte?

–Seguramente, para llevarse su parte de la herencia –replicó él con cinismo.

–¿Qué pasaría si fueran como tú y no quisieran la herencia? ¿Qué pasaría si les hubiera ido tan bien en la vida como a ti, pero también se sintieran solos?

–Pueden ser muy distintos a mí, Tess. Es posible que no tengamos nada en común.

–Lo tenéis. Tenéis un padre en común que no os quiso lo suficiente como para que os conocierais mientras él vivía, pero que desafió el amor que había en sus hijos una vez muerto. Es como si os preguntara cuánto amor hay en vosotros.

–Más del que él tuvo jamás.

–Pero estás haciendo que esa carencia suya te impida ver a tus hermanos y volverás a perder la partida si lo haces. Tienes la ocasión para librarte de la sensación de impotencia que tu padre ha metido en tu vida.

Él frunció el ceño como si no hubiera captado la lógica del argumento.

–Tienes que elegir –insistió Tess–. Puedes ofrecer tu mano a tus hermanos o darles la espalda. Si les das le espalda, si rechazas la ocasión de conocerlos... –Tess le tomó la cara entre las manos– serás como tu padre.

–¡No!

Nick retrocedió y la agarró de los brazos.

–¡Sí! Es lo que él te hizo a ti. Lo que les hizo a ellos. Ellos van a ir a Río de Janeiro para conocerte. Tenéis la misma sangre, Nick. Estarán en el despacho de Estes el catorce de febrero a las cuatro de la tarde.

–¿Por qué lo sabes?

–Porque lo he preguntado.

–¿Por qué? –Nick apretó los dedos en los brazos de ella–. ¿Por qué iba a importarte si los conozco o no?

–Porque a ti te importa... y yo te amo –Tess esbozó una leve y cautelosa sonrisa ante la declaración que acababa de hacer–. Muy sencillo, Nick; quiero lo mejor para ti.

–Me amas... –Nick repitió las palabras como si no saliera de su asombro–. Me amas... –volvió a repetirlo deleitándose con su sonido y significado.

–No empieces a pensar que puedes aprovecharte de eso –le avisó ella con cierto arrebato de pánico–. Tengo un sentido muy estricto de la justicia, Nick Ramirez.

–Pues para ser justo, tengo que reconocer que te amo, mi maravillosa Tess.

Tess tuvo que retomar aliento que había perdido.

–¿Me amas? –repitió ella con un hilo de voz.

–Mmm... –Nick entrecerró los ojos–. Es posible que un encadenamiento mutuo funcione. El amor no correspondido produce desdicha y un daño innecesario.

Ella le dio una palmada en el pecho para que volviera a centrarse en ella.

–¿Me amas de verdad?

–Con locura –contestó él con una desesperación burlona–. Una locura espantosa. Temía qué podía pasar si dejaba que te acercaras demasiado. Mírame, aquí estoy luchando como un loco para que confíes en mí, haciendo todo lo posible para convencerte de que eres el centro de mi mundo, dispuesto a hacer cualquier cosa...

–¿Cualquier cosa? –le interrumpió ella abrumada por la felicidad.

–Casi cualquier cosa –contestó él con un gesto nervioso.

Ella le rodeó el cuello con los brazos y se acercó más a él. Los ojos de él brillaron con recelo, como si hubiera elaborado un plan perverso. Tess pensó que era impresionante lo deprisa que él despertaba en ella el anhelo de intimidad física.

–Entonces, ¿irás a Río de Janeiro el catorce de febrero? –le preguntó Tess.

–Sólo si me acompañas.

–Te acompañaré.

–He llegado a la conclusión de que el matrimonio no funciona por el sexo, sino por el amor entre los dos.

–Yo te amo, Nick –declaró ella, feliz de poder decirlo libremente.

–Veamos cuánto.

La besó y ella le demostró cuánto, lo cual hizo que él le demostrara mucho más. El sexo estaba bien hasta en un cobertizo, pero no era lo único bueno de su matrimonio.

Capítulo 15

NICK quería dar esa fiesta antes de marcharse a Río de Janeiro. Quería celebrar públicamente su matrimonio, algo que seguía pareciéndole importante. Él dijo que la felicidad de ambos desconcertaría a todo el mundo y nadie sería capaz de encontrar una fisura en su relación.

Eso era exactamente lo que estaba pasando esa noche, se dijo Tess, divertida por algunas de las preguntas que les habían hecho. Estaba la flor y nata de la sociedad de Sidney para examinar a la nueva pareja y ver lo que habían hecho con la casa.

Poco tiempo antes, Tess habría detestado una escena parecida, pero el convencimiento de que Nick la amaba cambiaba completamente las cosas. Además, en general, les desearon felicidad e incluso la envidia parecía sana. Quizá la felicidad sincera fuera contagiosa. Le resultaba fácil sonreír, incluso a Nadia Condor, que lucía el fabuloso collar de esmeraldas que le había regalado Enrique Ramírez por engendrar a Nick.

–Así que os vais a Río para cobrar –los ojos de Nadia brillaron de satisfacción–. Sabía que aceptaríais la herencia.

–En realidad, sólo vamos a conocer a mis hermanos –aclaró Nick con paciencia–. Será divertido. Además, una vez allí, donaré mi parte de la herencia a un orfanato.

–¿Un orfanato? –la satisfacción se convirtió en estupefacción.

–Sí. Tess y yo creemos que sería muy adecuado, ¿verdad, querida?

–Hay muchos niños solos en este mundo –explicó ella–. Seguro que te acuerdas de cuando lo perdiste todo a los dieciséis años, Nadia.

Ella levantó la cabeza con altivez.

–Ha pasado mucho tiempo desde que yo tenía dieciséis años.

Mucho tiempo... Sin embargo, Tess pensó que Nadia nunca había tenido lo que tenían Nick y ella y, seguramente, nunca lo tendría. Lo cual era triste.

–Nadia, con toda le experiencia que tienes decorando casas, ¿podría pedirte algunos consejos cuando volvamos de Río?

La altivez dio paso a la satisfacción.

–Querida, estoy segura de que podríamos pasar unos ratos muy divertidos.

–Te llamaré –la prometió Tess.

Nadia se alejó con el aire de una reina que supervisaba sus dominios.

–Intentará controlarlo todo –susurró Nick.

–Darle algo no nos hará daño –Tess miró elocuentemente a Nick–. Nos necesita, somos su única familia.

–De acuerdo –él esbozó una sonrisa cautelosa–, pero tienes que saber que mi madre siempre intenta salirse con la suya. No dudes en pedir ayuda si se pasa de la raya.

–Lo haré –aseguró Tess con una sonrisa.

–Y recuerda que tú siempre serás la primera para mí. Nunca competirás con mi madre.

Ella se rió convencida del apoyo de Nick.

–Si sigues mirándome así –le susurró Nick al oído–, voy arrastrarte hasta la cama y...

–¡Imposible! Ahí viene mi madre.

Él soltó un gruñido burlón y retomó su papel de anfitrión.

Si el estilo de Nadia Condor era regio y esperaba que todo el mundo la cortejara por su increíble belleza, el estilo de Livvy Curtin era extravagante y esperaba que todo el mundo la cortejara por su extraordinario talento como actriz.

Esa noche llevaba un vestido de satén morado y rojo oscuro que contrastaba con el pelo entre rubio y rojizo que había elegido para esa ocasión. Naturalmente, su accesorio más importante era un hombre muy atractivo de treinta y tantos años que llevaba colgado del brazo. Tess tuvo que reconocer que su madre no parecía mucho mayor, gracias a las innumerables operaciones que se había hecho a lo largo del tiempo.

Naturalmente, llegaba tarde. Livvy siempre llegaba tarde a todos lados. Le gustaba que la gente la esperara, era el privilegio de una estrella. Fue hacia Tess y Nick como si les estuviera haciendo un favor por contar con su presencia.

–¡Casados! ¡Con un hijo y una casa! ¡Qué familiar! –exclamó mientras hacía la pantomima de los besos–. Pero tengo que reconocer que la casa está en un sitio precioso.

–Me alegro de que haya algo que merece tu aprobación –Tess no pudo evitar la ironía.

–Tú siempre tan clara, Tessa. La verdad es que esta noche estás mejor que nunca. Resplandeciente –Livvy miró a Nick con evidente admiración–. Seguro que satisfaces las necesidades de mi niña...

¡Su niña! Tess puso los ojos en blanco. Naturalmente, si quitaba años a su hija, se los quitaba a ella misma.

—Bueno, ella satisface plenamente las mías —replicó Nick con satisfacción.

—¿De verdad? Siempre pensé que Tess había sacado más de Brian que de mí; siempre tan contenido y recto... —Livvy dio una palmada a Tess en la mejilla—. Me encanta saber que tienes algo de mi corazón y espíritu, querida.

Tess apretó los dientes ante la opinión que tenía su madre de la vida y el amor.

—El matrimonio es algo más que sexo, madre.

Llamar «madre» a Livvy era un pecado imperdonable.

—Si vas a hablarme de esos tópicos tan aburridos, Tessa...

—Siempre he sido aburrida —Tess hizo un gesto para que su madre y su acompañante siguieran su camino—. Estoy segura de que encontrarás compañía más interesante entre los invitados.

—Eso espero, querida.

—Ésa no ha sido la Tess indulgente que yo conozco —comentó Nick con sorpresa.

—¡Lo siento! Mi madre me resulta a veces insoportable. Supongo que soy tan contenida y recta como mi padre.

—Yo no me había dado cuenta.

—Me ha parecido que te reducía a un hombre objeto, que es lo que ella hace con todos los hombres.

—Los sueños de Hollywood dependen de lo deseable que sea uno —dijo Nick con seriedad—. Tienes que entender que Livvy esté obsesionada con eso y, seguramente, todo lo que dice y hace tenga ese objetivo.

—¿Incluido su amiguito?

—Seguramente, eso la haga sentirse más valorada —comentó él con sorna—, como mi madre acumula bienes para saber cuánto vale ella. Ninguna de las dos va a cambiar esa costumbre. Tenemos que aceptarlas como son y, de vez en cuando, disfrutar con ellas.

Tess lo meditó y decidió que era un comentario justo. Un comentario triste. Antes de que terminara la fiesta, ella haría las paces con Livvy y dejaría las puertas abiertas. Quizá, alguna vez, su madre quisiera ser su madre y una abuela.

Esa noche, mucho más tarde, el padre de Tess la llevó aparte.

—Una fiesta estupenda, Tess —la halagó él.

—Me alegro de que estés divirtiéndote, papá.

Él dejó escapar una risa irónica.

—Es un poco como el circo de tres pistas que anunciaste, aunque ha sido divertido ver cómo las estrellas se repartían el protagonismo —él arqueó las tupidas cejas blancas—. No te importa, ¿verdad?

—No pueden afectar a lo que Nick y yo hemos levantado juntos.

—Entonces, te va bien, ¿no?

—Mejor, imposible, papá.

Su padre le rodeó los hombros con un brazo y la abrazó con cariño.

—Sólo quería decirte lo orgulloso que me siento de ti. Me he casado con tres mujeres muy hermosas, pero, esta noche, tú las has eclipsado a las tres. ¿Sabes por qué?

—¿Porque te gusta más mi vestido azul? —bromeó ella que sabía que el azul era su color favorito.

Su padre se rió y la abrazó con más fuerza.

—Porque lo tienes todo. No sólo eres guapa, sino que estás resplandeciente de felicidad. Te diré que el corazón de un padre es feliz al ver ese resplandor en su hija. Vuelve con tu marido y puedes decirle de mi parte que también estoy orgulloso de él.

—¿Porque me ha hecho feliz?

–Nick era un buen chico –comentó él pensativamente–. Mientras pensé que era mi hijo, me dio muchos momentos muy placenteros. Por el motivo que sea... creo que se ha convertido en un buen hombre –sonrió abiertamente–. Si no, no te habría hecho feliz.

Un buen hombre... Tess siguió dándole vueltas a la frase.

Era verdad en el caso de Nick, pero Tess tenía algunas dudas sobre sus hermanos. ¿Cómo resultaría la reunión para Nick? Ella se había empeñado, pero la gente era el resultado de sus vidas y las vidas de los otros hijos ilegítimos de Enrique Ramirez podía haber sido espantosa.

La fiesta terminó. Los invitados se marcharon y Nick, por fin, se llevó a Tess a la cama, donde hicieron el amor hasta bien entrada la noche.

–Sabes que es posible que tus hermanos sólo vayan por la herencia... –se atrevió a decir ella, acurrucada en sus brazos

–Puede ser un final o un principio –replicó él antes de besarla delicadamente–. Sencillamente, vamos a ir y que sea lo que Dios quiera. ¿De acuerdo?

Ella asintió con la cabeza. Ya habían superado bastantes cosas y, evidentemente, podían seguir haciéndolo mientras estuvieran juntos.

El beso de él fue una promesa de un futuro feliz.

* * *

Podrás conocer la historia de Anton Luis Ferreira, hermanastro de Nick, en el Bianca del próximo mes titulado:
HERENCIA DE PASIONES

Bianca®

**Estaba a sus órdenes en la oficina…
y también fuera de ella…**

El millonario Rafael Biondi acostumbraba a dominar a todos aquellos que estuvieran a su alrededor… has-ta que apareció la testaruda Sophie Frey, que iba a trabajar junto a él durante quince días…

Rafael estaba acostumbrado a estar rodeado de mujeres bellas y elegantes que le concedían cualquier capricho… tanto en el dormitorio como fuera de él, así que la cabezonería y la inocencia de Sophie lo estaban volviendo loco.

Pero una vez que consiguió llevársela a la cama, su obsesión por seducirla se convirtió en un incontrolable deseo de hacerla suya… a cualquier precio…

En brazos de un italiano

Cathy Williams

Acepte 2 de nuestras mejores novelas de amor GRATIS

¡Y reciba un regalo sorpresa!

Oferta especial de tiempo limitado

Rellene el cupón y envíelo a
Harlequin Reader Service®
3010 Walden Ave.
P.O. Box 1867
Buffalo, N.Y. 14240-1867

¡Sí! Por favor, envíenme 2 novelas de amor de Harlequin (1 Bianca® y 1 Deseo®) gratis, más el regalo sorpresa. Luego remítanme 4 novelas nuevas todos los meses, las cuales recibiré mucho antes de que aparezcan en librerías, y factúrenme al bajo precio de $3,24 cada una, más $0,25 por envío e impuesto de ventas, si corresponde*. Este es el precio total, y es un ahorro de casi el 20% sobre el precio de portada. !Una oferta excelente! Entiendo que el hecho de aceptar estos libros y el regalo no me obliga en forma alguna a la compra de libros adicionales. Y también que puedo devolver cualquier envío y cancelar en cualquier momento. Aún si decido no comprar ningún otro libro de Harlequin, los 2 libros gratis y el regalo sorpresa son míos para siempre.

416 LBN DU7N

Nombre y apellido	(Por favor, letra de molde)

Dirección	Apartamento No.

Ciudad	Estado	Zona postal

Esta oferta se limita a un pedido por hogar y no está disponible para los subscriptores actuales de Deseo® y Bianca®.
*Los términos y precios quedan sujetos a cambios sin aviso previo.
Impuestos de ventas aplican en N.Y.

SPN-03   ©2003 Harlequin Enterprises Limited

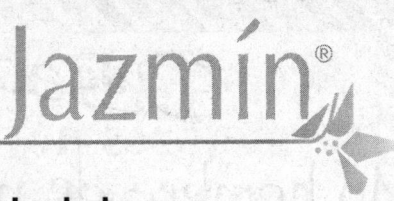

Jazmín®

Promesa de felicidad

Betty Neels

El guapísimo holandés estaba a punto de encontrar el amor junto a una encantadora inglesa...

Rebecca Saunders no era en absoluto el tipo de mujer que le gustaba al barón Tiele Raukema van den Eck; de hecho, ella ya lo había oído describirla como un ratón flacucho. Pero lo cierto era que había sido muy amable al rescatarla de un hogar insoportable y al darle trabajo como enfermera de su madre. Puesto que Tiele tenía una novia bellísima, Becky sabía que era una locura enamorarse de él... pero desgraciadamente, ya era demasiado tarde.

Deseo®

Un hombre de negocios

Annette Broadrick

Dean Logan pensó que aquel viaje de negocios al Caribe sería la manera perfecta de demostrar su agradecimiento a su eficiente secretaria, Jodie Cameron. Pero lo que el atractivo millonario no había previsto era que Jodie necesitara algo más que una puesta de sol para relajarse. Lo que ella realmente quería era pasar de la sala de juntas al dormitorio....

Pero pronto tendrían que regresar a la oficina y a su antigua relación sólo laboral. ¿Podría Dean negar que lo único en lo que podía pensar era en volver a la cama con ella?

¿Cómo podría volver a trabajar para él después de aquellas apasionadas vacaciones?